悪夢の水族館

木下半太

幻冬舎文庫

悪夢の水族館

目次

プロローグ

動かない魚が、じっとこっちを見つめている。

一ノ瀬勝矢《いちのせかつや》は、実家のリビングの食卓で、箸《はし》を持ったまま固まっていた。丸一日、何も食べていないのに、まったく食欲が湧かずにいる。

あのお婆さんも……動かなかった。

友沢《ともさわ》からは忘れろと言われたが、絶対に無理だ。一昨日《おととい》の夜の出来事は勝矢の記憶にびっしりとこびりついていた。

「勝矢、どうしたの？　お腹空いてないの？」

キッチンで妹の弁当を作っていた母親が、心配そうに声をかけてきた。

「うん。ちょっと、胃が痛いんだ」

「食べ過ぎ？　どうせ、昨夜も友沢くんたちと夜中にラーメン食べに行ったんでしょ。たまにはいいけど毎晩はダメよ」

母親の口から友沢の名前が出て心臓が止まりそうになった。

友沢は大学のイベントサークルで仲良くなった悪友だ。毎週末、彼の車で仲間たちと出かけてナンパやドライブをしている。

「バレた？　最近、トンコツが重いんだよね」

「まだ若いくせに何言ってんの」

白髪交じりの母親が、弁当に入れる卵焼きを包丁で切り始めた。

共働きの母親は、弁当を作ったあと、保険の営業の仕事に出かける。勝矢の大学の学費を払うため、父親の稼ぎだけでは足りないのだ。来年、大学受験を控える妹も、勝矢と同じ私立に通う予定だった。

母さん……ごめん。

勝矢は、細くなった母親の背中に謝った。若気の至りで、髪を金髪に染めて両耳に六つのピアスを空けたときも親不孝だったが、今回は次元が違う。

バレたらすべてが終わる。こんなに苦しいのなら罪を自ら打ち明けたかったが、友沢や他の仲間たちに止められた。

大丈夫。誰にも見られていない。俺たちだけの秘密にしておくんだ。

一瞬、食卓の焼き魚が喋《しゃべ》ったかと思い、勝矢は椅子から飛び上がりそうになった。

全身からびっしょりと汗が噴き出してくる。

「ごちそうさま」

勝矢は食卓から目を逸《そら》し、逃げるようにして家を出た。

大学の講義に出たものの、何も頭に入って来なかった。ずっと、一昨日の出来事がグルグルとループしている。

どうすればいいんだよ……。

夕方になり、トボトボと一人で大学の構内を歩いていた。夜からカラオケのキッチンのバイトがあるが、行く気になれない。

すれ違う学生たちが、すべて輝いて見える。三日前までは勝矢もそのうちの一人で、大した悩みもなく、のほほんと青春を謳歌《おうか》していた。

もう戻れない。たとえ罪がバレなくても、アスファルトで頭から血を流して動かないお婆さんの姿を片時も忘れることはできない。

「勝矢」

ふいに、肩を叩かれた。振り返り、絶望的な気持ちになる。

「友沢……」

今、一番顔を見たくない相手だ。

ホストみたいに髪を伸ばし、日サロでこんがりと肌を焼いている。なぜ、こんなにチャラい奴と友達になったのか。そもそも〝イベサー〟なんてものに入ったのが大きな間違いだった。高校まで続けたサッカー部にどうして入らなかったのか。

　しかし、後悔しても今さら遅い。

「俺たち助かるぞ」

　友沢が、ヤニで汚れた黄色い歯を見せて声をひそめる。

「は？」

「地元の信頼できる先輩から凄《すご》い人を紹介して貰《もら》ったんだよ。超ヤバい人」

「だ、誰だよ」

「いいから来い」

　友沢が力任せに勝矢の手を引いた。

「教えろよ。誰なんだよ」

「大魔王」

　友沢はたしかにそう言ったが、怖くて訊き返すことはできなかった。

　その男は、大学の近くの喫茶店で待っていた。昭和の香りがする、古い純喫茶の一番奥の席で、週刊誌を読んでいた。他に客はいない。

店内の照明は薄暗くて、視力の悪い勝矢には男の顔がよく見えない。ただ、男がでっぷりと太っていることと、身に纏《まと》っているオーラが異様なことだけはわかった。

男の前に座ると、息が苦しくなる。まるで、海にスキューバダイビングで潜《もぐ》っているときに、酸素ボンベが切れてしまったみたいだ。

「ご苦労さん。これで揃ったんか」

男が関西弁で友沢に訊いた。

「はい。みんな同じ大学の友達なんです」

友沢と男子学生が一人、後輩の女が二人。勝矢と合わせて計五人だ。

「話は友沢くんから聞いたで。大変な目に遭ったらしいな。お婆ちゃんを轢《ひ》き殺したんやて？」

「死んだかどうかは……」

勝矢が反射的に答える。

スマホでネットを何度もチェックしているが、ニュースではまだ取り上げられていない。

「逃げたことには変わりないんやろ。罪は重いで。誰の車で轢いてもうたんや？」

「僕です」

友沢がおずおずと答える。

「その夜、酒は？」

「飲んでません」

「嘘ついたらあかん。わしには通用せえへん。助けて欲しくないんか」

男の低い声に、勝矢たちはビクリと体を強張らせた。

「すいません……」

友沢が震える声で謝った。

「わしに任せてくれたら悪いようにはせえへん。君らは将来がある身や。しょうもない不運のせいで人生を棒に振って欲しくないねん」

この男はヤバい。直感ではそう告げているのに、誰も席を立つことができなかった。

「本当に……助かるんですか」

勝矢は勇気を振り絞って訊いた。他の四人は、男に圧倒されて石像のように固まっている。

「ちゃんと、わしの指示に従ってくれたらな。信じるものは救われるっていうやつやがな」

男がニタリと笑う。

また、息が苦しくなった。ダメだ。手遅れだ。もう二度と〝海の外〟には戻れない。

「もし助かったとして……」

「何や？」

「お礼は何をすればいいんですか」

こんなに甘い話はない。きっと、とんでもない要求が待っている。

だが、男の答えは、勝矢の予想を遥かに超えたものだった。

「五人で沖縄まで旅行してくれ。水族館で思う存分、楽しんでな」

第一章　深海魚の男

1

碧《あお》い水の中を三尾のジンベエザメが優雅に泳いでいる。ゆらり、ゆらりと羽のようなヒレを動かすそれらは、空を飛ぶ未知の生物にも見えた。

「凄《すご》い……」

小出晴夏《こいではるか》は巨大な水槽を見上げて、感嘆の吐息を漏らした。あんなに大きな体だったら、さぞかしお腹が減るだろう。

「嬉しいなあ」

隣で晴夏の手を握る中屋敷信次《なかやしきしんじ》が、同じく水槽を眺めて目を細める。

「また言ってる」

晴夏は、軽く力を込めて信次の手を握った。彼の手はいつも冷たい。夏は特にひんやりして気持ちいい。

「ん？」

「シンちゃんの口癖。すぐに『嬉しい』って言う。別にシンちゃんはこの水族館の人じゃないのに」

「そんなに言ってるかな」信次がくすりと笑う。「完全に無意識だよ」

「無意識だから口癖なんだよ」

「たしかにそうだな」

「さっきのランチのときもタコライス食べながら言ってたよ。タコライスはケチャップがかかり過ぎて微妙だったのに」

「あれは店から海が見えたからさ。風も気持ちよかったし。ハルちゃんもはしゃいでただろ」

二人は沖縄の本部《もとぶ》半島の《沖縄美《ちゅ》ら海《うみ》水族館》に来ていた。早い梅雨が明けた六月とあって、観光客が多い。晴夏のうしろでは、さっきから修学旅行生たちが発情期の猫みたいに落ち着きなく騒いでいる。

「いつも何がそんなに嬉しいの？」

「それ言わせる？」

信次が水槽を見たまま、はにかんだ。

「うん。言わせる」

晴夏は彼の照れた顔がたまらなく好きだった。そこまでイケメンではない（ゴールデンレトリバーに似ている）のも気に入っている。もちろん、世の女子と同様にイケメンは好物ではあるが、あくまで観賞用である。目の覚めるようなイケメンと並んで街を歩くほど自信家ではない。

「ハルちゃんが喜んでいる姿を見るのが嬉しいんだ」

「ふうん」

また嬉しくなったのか、にやけている。三ヶ月前にプロポーズされたときも、信次は照れて、真剣な顔が三秒も保たなかった。

なぜ、この男は私を選んだのだろうかと不安になる。自分で言いたくはないが、何の取り柄もない平凡な女だ。無理やりいいところを挙げるならば、食欲が旺盛でお酒が大好きで、骨が太くて健康なところだろう。しかし、性格は、頑固な上に、嫌になるぐらいひん曲がっている。だけど、信次はゆっくりと大切に晴夏を扱ってくれた。

明日、晴夏は沖縄で信次と結婚式を挙げ、永遠の愛を誓い合う。

信次と出会ったのは四年前。晴夏が二十五歳のときだ。女友達との旅行中、この水族館で出会った。信次とその女友達が、たまたま昔、同じアルバイト先で働いていたのだと言って、二人は再会を喜んでいた。信次は一人旅の途中で、イルカのショーの観客席で、晴夏たちの隣に座っていたのだ。

まるで、恋愛ドラマじゃん。

もともと晴夏は、歯の浮くような恋愛ドラマが大嫌いだ。昔から少女漫画も苦手で、男の子たちと一緒に《グラップラー刃牙《ばき》》や《クローズ》を読んでいたから、友達からよくからかわれてきた。

料理人という職業を選んだのも男社会だからで、そういう過去が影響しているのは間違いない。十年間、東京で何店舗か修業したのち、三軒茶屋に小さなスペインバルをオープンした。信次と出会うきっかけとなった沖縄旅行をした女友達（彼女はソムリエを目指している）と二人で始めた店だ。女友達からは「先に嫁ぎやがって裏切り者」と言われた。でもちろん、結婚したからといって専業主婦になるつもりはない。晴夏は、料理をしている時間だけ、唯一、自分を好きになれた。

女友達は「沖縄に支店を出せばいいじゃん。私も経費で旅行できるしね」と背中を押してくれた。

沖縄で暮らすことが晴夏と信次の夢だったが、こんなに早く叶うとは思ってもみなかった。

「ハルちゃん」信次が水槽から目を離し、晴夏の目を覗《のぞ》き込んで言った。「俺、ハルちゃんを絶対に幸せにするからな」

「クサい台詞《せりふ》」

思わず噴き出し、手を叩いた。晴夏の横にいる中国人の観光客が、何事かと眉をひそめる。

「せっかく真剣モードになったのに」

信次が耳まで赤くなって照れた。晴夏より七つ歳上の三十五歳だけど、体の大きな子供みたいだ。大学までラグビーをやっていた信次は肩幅が広く筋肉質である。背も高い。髪を短く刈り上げて、顎鬚《あごひげ》を生やしている。垂《た》れ目がチャームポイントで（本人は気に入っていないらしいが）、晴夏に負けず劣らずご飯が大好きだ。きっと二人の子供はとんでもなく食いしん坊になるだろう。

信次の仕事は整体師だ。大学を出たあと資格を取り、都内の整体院で働いていたが、先月独立して、晴夏よりひと足早く沖縄に入り、那覇市で開業していた。

「普通でいいよ。私の前ではずっと普通のシンちゃんでいて」

今度は晴夏が照れを隠した。

「特別な存在にならなくてもいいのか？」

「うん。普通が一番。肩肘張らずにのんびりと一緒にいれたら最高じゃない？」

「そうだな」信次が珍しく悲しそうな目をした。「じゃあ、早くいつものハルちゃんに戻ってくれよ」

「えっ？」

「何か俺に隠してるだろ」

「何それ？　隠し事なんてないってば」

頬《ほお》が引き攣《つ》る。せっかく忘れていたのに、記憶から強引に消していたのに、あの男の顔を思い浮かべてしまう。

「もしかして、マリッジブルーなだけか」

信次が、少しだけ安心した表情になる。

「正解！　あと、お腹空いちゃった」

晴夏は全身が震えそうになるのを懸命に堪えて笑顔を作り、信次の太い腕にしがみついた。

「さっき、食べたばっかりだろ」

「ちゃんと、美味しいものを食べたいの」

「ハルちゃん」

信次が力強く腰を抱き寄せた。

「大丈夫だよ。ソーキそばを食べたら、いつもの〝ハルちゃん〟に戻るから」

「もう一度、約束する。絶対に幸せにするからな」

人前でイチャつくのを嫌がる信次が、唇を重ねてきた。信次のキスで体の芯がたまらなく熱くなる。世界で一番安心するキスのはずなのに、心臓が張り裂けそうに痛くなる。

晴夏は目を閉じ、必死であの男の顔を消そうとした。しかし、深海魚にそっくりな顔が、闇からぬっと浮かび上がる。

結婚式で、愛するシンちゃんを殺すんや。お前の手で天国に送ってあげるんやで。

あの男の声が、耳の奥にこびりついている。

「こんなところでチュウするなんて、恋愛ドラマみたいだね。さあ、次はソーキそばとオリオンビール！」

キスを終えた晴夏は火照《ほて》る体で、信次の手を引いて歩き出した。涙が零《こぼ》れそうで振り返ることができない。

一瞬、碧い水槽の中が空っぽになった錯覚が晴夏を襲い、意識が遠くなった。

2

「サマー、バンザーイ！」

八王子《はちおうじ》太郎《たろう》は、バルコニーから聞こえてくる酒焼けのガラガラ声に叩き起こされた。せっかく気持ちよく昼寝をしていたのに台無しだ。

「マッキーさん！　そこで何をしてるんですか！」

八王子はベッドから飛び起きて怒鳴った。

「沖縄を満喫してるのよ。早くこっち来なさい。一緒に叫ぶわよ」

「他の部屋から苦情が来ますってば」

「全力でバカンスを楽しんで何が悪いわけ？」

マッキーが、窓の隙間から顔を覗かせて顔をしかめた。赤く染めた短い髪に、ハリウッドスターがかけるような、レンズが大きなシャネルのサングラス。真っ赤な口紅を引き、耳にはブルガリのゴールドのイヤリングが揺れている。今朝、那覇《なは》空港に着いたときからガンガン飲んでいるから、酒の臭いがここまで漂ってくる。

マッキーは新宿二丁目でゲイバーを経営する、自他共に認める〝美しいおっさん〟だ。数年前まで大阪で店をやっていたが、いろいろあってゲイの聖地に流れてきたらしい。

「だからって叫ぶ必要はないでしょ。それに、まだ夏じゃないし」

「八王子、あの太陽をご覧。疑う余地のない夏よ。今、ここにスイカがあったら手刀で割ってるわ」

「意味がわかりませんってば」

容赦なく部屋に射し込む光に、八王子は目を瞬かせた。夜行性の八王子にとって、太陽は天敵なのである。吸血鬼と同じだ。

「さあ、行くわよ」

「どこにですか？」

「は？　《青の洞窟》よ。飛行機の中で散々行きたいって言ったじゃない」

マッキーの熱弁はほとんど覚えていないが、恩納村《おんなそん》の真栄田岬《まえだみさき》というところにあるダイビングスポットのことだ。海に洞窟があり、中に入ると太陽光の加減で海水が青く光るらしい。ただ、水に顔をつけるのすら嫌な八王子にとっては、まったく興味が湧かない場所である。

「すいません。遠慮します」

「カヤックで巡る無人島ツアーは？　シュノーケルで珊瑚礁《さんごしょう》が見れるんだって。あとバナナボートにもまたがりたいわ。バナナって聞いただけでコーフンしちゃう」

「行きたくないです」

「ちょっと、あんた沖縄に何しに来たわけ？」

「マッキーさんが強引に連れてきたんでしょうが」

「あんたが『描けない、描けない』って毎晩、店のカウンターでメソメソするから気分転換よ。沖縄を舞台にした作品を描けばいいじゃない。琉球空手家の物語とか」

「あのね。僕の作風知ってるでしょ。テキトー過ぎますよ」

八王子の仕事は、少女漫画家だった。女性の名前をペンネームに使い、顔出しはせずに描いている。そこそこの売れっ子で、前々回の作品はドラマ化されたのだが、新作の構想がどれだけ頭を捻《ひね》っても出てこない。漫画家人生初のスランプで、泥沼に首まで埋まった気分だ。毎晩、行きつけのマッキーの店で、ハイボールとミックスナッツに逃避していた。

「あんたの漫画を読んだら気持ち悪くなるのよ。ガトーショコラを一気食いしたみたいに吐きそうだわ」

「少女漫画なんだから、甘くてなんぼなんです」

「ヒロインがキスするまでやたらと時間かかるし。チュウなんて二秒で済むじゃない」

「それじゃあ、ストーリーにならないし。恋愛ものなんだから」

「恋愛はセックスしてからがスタートよ。キスなんてマラソンを走る前に靴紐結ぶようなもんよ。次回作は濃厚なセックスを描きなさい。アタシがアドバイスしてあげるから」

「遠慮します。昼間から下ネタはやめてください」

「これだから童貞は嫌なのよねえ」

マッキーが鼻を鳴らして、バルコニーに戻る。

嫌味には聞こえない。事実だからだ。八王子は今年で三十歳になるが、一度も女性経験がない。〝未遂〟は何度かあるが、諸事情でうまくいかなかった。現在、恋人はいない。

ミスター宝の持ち腐れ。

それが、新宿二丁目での八王子の通り名だ。ひと昔前に流行った韓流スターのようなルックスをしている八王子は、学生のころから女にモテた。だが、どうも彼女たちと過ごす時間が苦痛としか思えず、恋人ができても長続きしなかった。二十代後半のときに、「自分はアッチ系ではなかろうか」と自問して新宿二丁目に通った。それで、マッキーの店《フルスイング》の常連になったのである。

残念ながら、八王子はゲイではなかった。正真正銘のノンケだとわかって、余計に面倒臭くなっただけだ。

「夏よー！　サザンかチューブ聴きたーい！」

また雄叫《おたけ》びを上げるマッキーを置いて、八王子は大きくため息をつくと部屋を出た。

プールサイドに出て、レストランのテラスにあるバーカウンターでオリオンビールの生を注文した。なぜか、沖縄に来るとこれが飲みたくなる。ちなみに東京ではいつもヱビスビールだ。

八王子はパラソルの下の椅子に腰掛け、ひと口飲む。抜群に美味《うま》い。ただ、サングラスがないせいで、プールの水面に反射する太陽が眩《まぶ》しくて仕方ない。土産店に置いてあるかもしれないから、あとで寄ってみよう。

ここ《ホテルポセイドン》は素晴らしいリゾート施設だ。目の前にコバルトブルーの海が広がり、すぐ隣には《沖縄美ら海水族館》がある。高級レストランやスパが充実していて、海が見える天然温泉にも入れる。数年前、沖縄に来たときに利用したビジネスホテルとは大違いだ。

青空の下でキンキンに冷えたビールを味わう。本来なら最高のシチュエーションのはずだが、八王子の頭の中は壊れた洗濯機のようにグルグルと回っていた。

一体、自分はどんな漫画を描きたいのか。そもそも、漫画家という仕事をこれからも続けていくのか。

連載の締め切りに追われ、原稿料はアシスタントの給料で飛んでいく。頼みの綱は単行本の印税なのだが、昨今の出版不況の煽《あお》りを食って売上が落ち、単行本を出す度に初版の部数が減って胃薬が手放せなくなってきた。担当編集者は毎回、「まずはこの数字で様子を見て増刷を狙いましょう」と言ってくれるが、映像化でもされない限り、増刷は難しいだろう。とくに、前回の作品がコケたのがまずかった。連載は早々に打ち切られ、単行本もまったく売れず、以来、依頼は減り、初版部数は絞られ、現在は貯金を切り崩して暮らしている状態だ。

美大を卒業してから運良く漫画家になれたものの、その勢いもここまでなのかもしれない。

最近は、田舎の宮城に帰って、実家の農家を継ごうかと真剣に悩んでいる。

「漫画だけで食っていくのは大変やからのう」

突然の声に、八王子はギクリと身を強張らせた。

いつのまにか、目の前にパイナップル柄のアロハシャツを着た小太りの男が座っている。

禿《は》げ上がった頭、頬はブルドッグのように垂れ下がり、どんよりと濁《にご》った一重の目は異様に離れていた。

いや……ブルドッグではない。

男の雰囲気は哺乳類じゃない。そっちより、はちゅう類や両生類のほうだ。もっといえば、魚のような顔である。

それも、深海魚だ。

わずかに残った前髪が、チョウチンアンコウを連想させた。

「兄ちゃん、漫画家やろ？　ちゃうんか？」

「ど、どうしてわかるんですか」

「顔に書いてあるがな」

深海魚の男がニンマリと笑い、ヤニで汚れた黄色い歯を見せる。

「あの……」

「冗談や。兄ちゃんの手を見れば一目瞭然や。今どき、ペンだこなんてあるのは漫画家ぐらいなもんやろ。ほとんどの小説家はパソコン使うやろうしな」

だとしても、一発で漫画家だと見ぬかれたのは初めてだ。無駄に整った八王子の容姿は、漫画家のイメージとは遠い。

「凄いですね」

勝手に同じテーブルに着かれたことを忘れ、つい、感心してしまった。男が持っているグラスの飲み物は、色と香りからしてマンゴージュースだ。

「兄ちゃん、新しい人生が欲しくないか」

男がさらに笑顔を見せる。

「はい？」

「本当に欲しいもんは、望まなければ手に入らへんねん」

男の低い声が、驚くほどスムーズに八王子の体に染み渡る。寒くて仕方のない日に、温かいスープを飲んだような感覚だ。

「おっしゃっている意味がよくわからないんですけど」

「よかったら今夜、ここのホテルのメインバーで飲もうや」

男が、アロハシャツの胸ポケットから名刺を出し、テーブルの上を滑らせた。

深作正美《ふかさくまさみ》。

名刺にはそれしか記されていなかった。

「お仕事はどういった……」

「いろいろやってて書ききれへんから、名前だけにしとんねん。たとえば、ここもわしがオーナーや」

深作は表情をまったく変えずに、両手を広げた。

「……ここ？」

「この《ホテルポセイドン》や」

「ほ、本当ですか」

「まあ、人にあげるから、もうすぐわしのものではなくなるけどな」

「あげる？　だ、誰にですか？」

酒に酔っているのかと思ったが、目の焦点は定まっている。こちらをからかっている顔でもない。

深作は、さつまいものような太い指を伸ばし、八王子の肩に手を置いた。

「君や。君にホテルのすべてをやるわ」

3

これって運命の出会いだよな。

恩納村。ウェットスーツ姿の岡村鉄平《おかむらてっぺい》は、カヤックの上で防水カバーを装着したカメラを取り出し、斜め前方でカヤックを漕《こ》いでいる親子に向けて構えた。ピントを合わせるのは父親のほうにではなく、娘に、である。

年齢は二十代前半だろうか。美しいロングの黒髪に、小動物を思わせるクリッとした目、ぽってりとした唇。何より肌が陶器のように白い。細身だが、ライフガードジャケットの下のウェットスーツの胸の膨らみも悪くない。

鉄平の悪い癖だ。四十歳を超えても女遊びをやめられない。それで人生を棒に振ったというのに、だ。自分の娘でもおかしくない年齢の女性に目を奪われてしまう。しかも、父親が目の前にいるというのに……。

完全に病気だな。でも、今回は特別だ。抜群に可愛いのだ。男の本能には勝てない。

娘の名前はたしか……桜《さくら》。そうだ、五十嵐《いがらし》桜だ。

マリンショップで、ウェットスーツとシュノーケルの貸出票に記入してもらった名前を思い出した。年齢も二十一歳と書いてあった。当然というかなんというか、父親の名前までは覚えていない。

最初は東京からやってきた可愛らしい女子大生かなと思ったが、すぐに普通の若い女の子ではないとわかった。あどけない表情の合間に、何とも言えないミステリアスな雰囲気を漂わせているのだ。

「ちょっと！　お父さんも漕いでよ！」

桜が、頬を膨らませて父親を睨みつけた。

「ちゃんと漕いでるってば」

「嘘ばっかり。さっきからサボってんじゃん」

「バレたか」

父親が舌を出しておどけてみせる。桜とは似ていなくて、眼光がやたらと鋭い強面《こわもて》だ。エラが張ってる上に刈り上げた髪のせいか、顔の輪郭が真四角に見える。口髭と顎鬚《あごひげ》もいかつい。こんなにも可愛い娘が生まれたのはDNAの気まぐれとしか言いようがない。

「もーう！　今度はお父さんだけで漕いでよね。交代だよ」

「無理だってば。無人島につくのが夜中になっちまう」

微笑ましい光景だが、どこか違和感を覚えた。マリンショップに勤めるインストラクターとして何組もの観光客家族を観察してきた鉄平だから、わかる。

この親子の間には、妙な距離感がある。仲の良さを〝演じている〟ように見えるのだ。この年齢の親子が、わざわざカヤックに乗って、通称ヤドカリ島と呼ばれる無人島ツアーに参加するのはかなり珍しい。

久しぶりにワクワクしてきた。いくら沖縄の海を愛しているとはいえ、一日に三回も同じコースを案内するのを繰り返しているのだ。さすがに飽きる。透明になっているカヤックの船底から美しい珊瑚礁が見えても、感動はゼロだ。

この体験ツアーの間に、目の前の怪しい親子の秘密を暴いてみせる。

今日のささやかな楽しみをみつけた鉄平は、ほくそ笑んだ。

夕方の回の参加者は、この怪しい親子以外には、六十代の老夫婦しかいない。テンションの高い親子と違って、こちらの夫婦はどうしようもなくどんよりとしている。カヤックに乗ってもほとんど笑顔を見せず、黙々とオールを漕いでいる。子供に手がかからなくなり夫婦水入らずで旅行に来たものの、いざとなると会話がないという、よくあるパターンだ。今回、怪しい親子が参加してくれて助かった。沈黙夫婦だけだったら、苦痛で仕方なかっただろう。

鉄平は、恩納村のマリンショップ《グッドライフ》で働いて丸三年になる。もともと肌は白いほうだったが、今となってはこんがり日焼けしてチョコレートみたいだ。訳あって、生まれ育った横浜から逃げて来た。最初は新天地に馴染めるか不安だったが、マリンショップのスタッフは、北は北海道から南は九州まで、全国から集まった海好きの連中ばかりだし、互いの過去は詮索されないので居心地がよかった。驚いたことに、沖縄出身者、いわゆる〝うちなー〟は一人もいなかった。ちなみに、知り合いの〝うちなー〟によると、海は泡盛を飲みながら観るもので、泳いだりするものではないらしい。

桜ちゃんと、酒を飲みたいな。

父親がついているから難易度は高いだろうが、何とかして宿泊しているホテルを聞き出したい。偶然を装って再会し、地元の居酒屋に誘うのが、鉄平のいつものナンパの手だった。

そのためには、もっと仲良くならなければ。

鉄平は、カヤックを猛スピードで漕いで親子に近づいた。右肩が痛い。去年、サーフィンでケガをして以来、なかなか治らず、つい最近、通っていた病院を替えたばかりだった。

「写真を撮りまーす。とびっきりのスマイルをくださいね」

痛みをこらえて、満面の笑みでカメラを向ける。

「イェーイ！」

桜が両手でピースサインをした。脳天が痺れるほど可愛い。仕事中に不謹慎だが、早くも下半身が疼《うず》く。

「イェーイ」

父親もぎこちなくピースをした。しかしこちらは、冷凍庫に放り込まれたみたいにカチンコチンでぎこちない。

本当なら、桜の顔にズームしたいのだが、ツーショットで撮る。カヤック体験が終わったらデータをプレゼントするサービスがあるためだ。

……ん？

鉄平は、シャッターを切っていた指を止めた。桜ではなく、ファインダー越しの父親に釘付けになる。

この顔……どこかで会ったことがある。間違いない。あまりに時が経っていたのと、髪を切っていたので、今まで気づかなかったが……。

胸がざわつき、カメラを持つ手が震える。右肩の痛みも消えた。他人に決して話せない鉄平の過去を知っている人物かもしれない。

嘘だろ……。

五年前。栃木の黒羽刑務所。この父親と出会った場所を思い出した。鉄平にとって忘れたくても忘れられない、因縁の場所だ。あのころから、人生が狂い始めた。

白鳥叶介《しらとりきょうすけ》。

父親の名前がフラッシュバックした。奴の苗字は五十嵐ではない。奴との会話も思い出した。鉄平が家族の話をしたとき、自分はパイプカットして子供がいないと言っていた。

「お父さん、見て！　イソギンチャクのところにニモがいるよ！」

「ニモってなんだ？」

「観てないの？　最高のアニメなのに！　ほら、見てよ！」

「ああ、カクレクマノミのことか。可愛いなあ」

鉄平は唖然として、カヤックの上で歓声を上げる二人を眺めた。真上から太陽が照りつけているのに、背筋が冷たくなる。

こいつら……親子じゃない。

じゃあ、何のために家族を装っているのだろう。そして、何の目的で沖縄にやってきたのだ。白鳥の特殊な仕事を必要としている人間がいるということなのか。

だとすれば、近いうちに悪夢のような出来事が必ず起きるだろう。

4

夕方。晴夏は《ホテルポセイドン》の和食レストランに来ていた。店内はカウンターがメインで、ホテルのプライベートビーチの夕焼けを眺めながら食事できるのがウリだ。

「これ、ヤバいぐらい美味い」

隣に座る信次が、揚げたてのかき揚げをホクホクと食べる。

「シンちゃん、こっちもヤバいよ」

晴夏もアグー豚のラフテーを頬張った。皮付きの三枚肉が、醤油《しょうゆ》と泡盛で絶妙に味付けされている。

「泡盛が止まんねえな」

「うん。ガブガブいっちゃう」

「ワインも飲みたいな。リスト見た？　なかなかいいのが揃ってるよ」

「でも、やっぱり泡盛でしょ！」

普段だったら泡盛をチョイスすることはないのだけど、郷に入れば郷に従えである。女友達とポルトガル旅行した際は毎日ポートワインをガブ飲みしたし、山形へ温泉旅行したときは、酒蔵で見学したあと、河原で地元の人たちが開いている《芋煮会》に乱入して地酒の《十四代》をガブ飲みした。

「あんまり飲み過ぎるなよ。あとで、地元の飲み屋に行くんだからな」

「明日結婚式だってのに、私たち変わらないね」

「何よりもまず、飯だもんな」

信次とずっと一緒に時間を過ごせるのは、食事が楽しいからだ。味覚も合うし、会話も弾む。二人ともお腹がいっぱいになる限界まで食べる。ただし、外食に限る。家で自炊をするときは、料理のダメ出しで喧嘩《けんか》をすることも多い。

シンちゃんとずっと一緒にいたい。美味しいご飯をいっぱい食べたい。二人で幸せになりたい。それなのに……。

結婚式で、愛するシンちゃんを殺すんや。お前の手で天国に送ってあげるんやで。

また、あの男の声だ。昼間から耳にべっとりとこびりついて離れない。

ダメだ。吐き気がする。せっかくの料理の味がしなくなってきた。

「シンちゃんのお父さんはどこでご飯を食べてるの？」

晴夏は、動揺を信次に勘付かれないように話題を変えた。

「近くに島野菜を使ったイタリアンがあるんだって。そこで食べてるときさ。ハルちゃんの家族は、もう沖縄に来てるんだよな」

今、あいつらのことは考えたくない。

晴夏にとって自分の家族は、絶望の象徴だった。十七のときに家出をして、連絡を一切取らずに家族の縁を切っていた。

だが、プロポーズを受けたあと、信次から「籍を入れる前にきちんとハルちゃんの両親に挨拶をしたい」と懇願されて、十年以上ぶりに家族と再会した。

それが、悪夢の始まりだった。

「本当に来てるかどうかわからないけどね」

「そんな言い方はやめろって」

晴夏が信次を殺さなくてはいけない事態に追い込まれているなんて、言えるわけがない。どうすればいいのか決断できないまま、結婚式を明日に控えてしまった。

頼みの綱が一本だけ残っている。しかし、その綱は限りなく細くて脆《もろ》い。

「お手洗い行ってくるね」

我慢できずに席を立った。重圧にやられ、胃酸が逆流してきた。

店を出て、ロビーの先にあるトイレに向かう。足早に通り抜けようとしたときに、聞き覚えがある声が、晴夏を呼び止めた。

「独身最後の夜を楽しんどるか？」

深海魚に似たあの男……深作正美がロビーのソファに一人で座っていた。

「……何でここにいるのよ。私を見張ってるの？」

「このホテルに泊まっとるねん。明日の結婚式に招待されとるしな」

今すぐロビーから離れたいのに、足がコンクリートで固められたみたいで、動かすことができない。初めて深作と会った日もそうだった。このアロハシャツの小太りな男は、他人の思考と体を麻痺させる超能力でも持っているのだろうか。

「招待なんてしてないわ」

晴夏はマグマのように湧き上がる怒りを懸命に堪え、睨み返した。人前でなければ、深作の顔に唾を吐きかけているところだ。

「何言うてんねん。あんたの愛するシンちゃんから直に電話があったんやがな。『ぜひ、沖縄まで来てください。晴夏も大喜びします』って言うとったで」深作がニンマリと笑い、色の悪い歯茎を見せる。「その結婚式で、自分が嫁に殺されるとは夢にも思ってへんやろうなあ」

「殺すわけないでしょ」

晴夏は、声をひそめながらも鋭く言い放った。ロビーにはホテルの従業員の他にカップルや家族連れがいる。皆、にこやかな顔で、おもいおもいのバカンスを満喫しているようだ。

「じゃあ、もうひとつのほうの条件を飲むんやな？」

深作が濁った目で、晴夏を見上げる。

この目のせいで金縛りにかかり、最後まで話を聞いてしまう。体は拒否しているのに魂が引っ張られてしまうようなおぞましい吸引力があるのだ。

「私は何もしない。愛する人と結婚して幸せになるの。邪魔をするならあなたを殺すわ」

「ほう。かっこええ台詞やな」

深作が大げさに鼻を鳴らした。完全に人を見下している。

「嘘じゃないわよ」

声が震えてしまうのが情けない。

「ほな、今、殺せや。チャンスやないけ」

「うるさい。私は本気よ」

「おう、怖い、怖い」深作が、わざとらしく肩をすくめてソファから立ち上がった。「おやすみ。明日、晴れたらええな」

不気味な笑みを残し、深作がロビーをあとにした。

奴の姿がエレベーターホールに消えるまで、晴夏は身動きができず、無意識のうちに息を止めていた。

5

「八王子のくせになかなかやるじゃない」

マッキーが海ぶどうを口の中でプチプチと鳴らして、満足げに微笑む。

「どういたしまして」

八王子は、シークワーサーサワーをひと口飲み、軽く頭を下げた。

午後七時。二人は、ホテルからタクシーを五分ほど走らせた距離にある地元の居酒屋に来ていた。あまり広くはないが、三線《さんしん》の生演奏を聴きながら本場の沖縄料理が楽しめるのだ。

座敷はゴルフ帰りの観光客の団体で賑わい、ほぼ満席である。

「この雰囲気たまんないわ。グルメサイトか何かで調べたの？」

「……人に教えてもらったんです」

「誰よ？」

八王子は、昼間にプールサイドで会った深作正美を思い出した。結局、彼とは十五分ほど話しただけだったが、最後まで「君にホテルをやるわ」の一点張りだった。適当に濁して逃げればいいのに、なぜか席を立つことができなかった。

「変なおじさんというか……」

「志村けん？」

「おやじギャグですか？　全然、面白くないですよ」

八王子はイラッとして、シークワーサーサワーのジョッキをドンッとテーブルに置いた。

「アタシがすべったみたいな言い方やめてよ。オカマのおやじギャグなんて最悪だわ」マッキーが眉間《みけん》に皺《しわ》を寄せる。「で、誰なの？　そのおじさんとやらは」

「なんていうか……深海魚みたいな人でした」

「は？　魚っぽいってこと？」

「顔もそうですけど……全身から出てるオーラが深海魚というか」

今まで体験したことのない不思議な感覚だった。プールサイドには子供がいてやかましかったのに、深作と話をしているときは、静寂に包まれて彼の声しか耳に入ってこなかった。

まるで、海の底に沈んでいるかのようだった。

「オーラが魚って何よ。さかなクンしか思いつかないわよ」

「とにかく凄い不気味でした。プールサイドでいきなり話しかけてきたんです」

「何それ？　ナンパじゃん」

「やめてくださいよ。相手はおっさんですよ」

「おっさんがイケメンに恋したっていいじゃない。童貞を捧げたら一気にスランプ解消するかもよ」

「わけわかんないです。気味が悪いからマッキーさんに相談しようかと思ったけれど、もうやめます」

変わったおじさんの戯言《ざれごと》だと無視すればよかったのだが、新作漫画のアイデアが拾えるかもというスケベ心があった。実際、深作を漫画にすれば強烈なキャラになるだろう。

「怒らないでよ。二丁目ジョークじゃない」マッキーが、他人事のようにゴーヤチャンプルーを箸で摘む。「さあ、話してみて」

「その人から貰ったんですけど」

八王子は、深作の名刺をテーブルの上に出した。

「正美？　女みたいな名前ね。職業も書いてないし、怪しいんですけど」

「ですよね。言ってることも、だいぶおかしくてビビっちゃいました」

「どう、おかしいわけ？」

「その……ホテルをくれるって……」

言いながら恥ずかしくなってきた。どうして、あんな荒唐無稽な話に耳を傾けたのだろう。

「へ？　どのホテル？」

マッキーが、ゴーヤチャンプルーを食べる手を止める。

「僕たちが宿泊している《ホテルポセイドン》です」

「ん？　くれるってホテル代のこと？」

「違います。ホテルそのものです。深作さんはあのホテルのオーナーなんですって」

「絶対、嘘よ。何それ、馬鹿じゃない」マッキーが呆れて首をすくめた。「まさか、あんた信じてるわけ？　漫画しか描いてこなかったから世間知らずだとは思ってたけど……ドン引きだわ」

「やめてくださいよ。信じてるわけないじゃないですか」

プールサイドで話したとき、深作はこのホテルのオーナーだという証明を一切提示しなかった。それに、ホテルの従業員たちも、深作に対して普通の宿泊客のように接していた。

「じゃあ、なんで、そんなおっさんのアドバイス聞いてここに来たのよ」

「この店に来れば、『わしを信じるようになるで』って言われたんです」

本当にそう言って、深作は去って行ったのだ。

「ますます怪しいわね。どう見ても、ここ、普通の居酒屋じゃない。この店のオーナーもやってまーすとか言って出てくるんじゃない。そろそろ登場するかもよ」

「どうですかね……」

会いたくないはずなのに、さっき会ってからずっと深作のことを考えている。そんな自分が少し怖かった。

「どうせ、漫画のネタになるとでも思ったんでしょ？」

マッキーが鼻で嗤《わら》う。

「すいません。ちゃんと説明せずに連れてきてしまって」

「料理が美味しいからいいわよ。アグー豚のしゃぶしゃぶもいっちゃう？」

「そんなに食べれませんよ」

結局、深作の目的は何だったのだろうか。もしかすると、一人でぼうっとしていた八王子をからかっただけなのかもしれない。

「漫画のネタならアタシがあげるわよ」

「大丈夫です。マッキーさんのアイデアは下ネタに偏りがちなんで」

「あんたに話してない抜群に面白いのがあるのよ。ヤバい系の話だから誰にも言わないんだけどね」

「実話ですか？」

「半分実話。半分はアタシの妄想だと思っていいわ」

「は、はい……」

いつもふざけているマッキーが、見たことのない真剣な顔をしている。

「ある四人の男女が故障したエレベーターに閉じ込められたの。深夜のマンションよ。エレベーターは二基あったからマンションの住人たちは気づかない」

「非常用のボタンで助けは呼ばなかったんですか？」

「理由があって呼べなかったのよ。偶然、全員がケータイを持ってなかったしね」マッキーが軽く声をひそめる。「一人の男がパニックになったわ。奥さんが妊娠していて、もうすぐ赤ん坊が生まれそうだったの」

「最悪なタイミングですね」

「最悪なのはそれだけじゃないわ。パニックになった男は、そのマンションに住んでいなかったの。浮気相手に会いに来てたわけ」

「やべえ。まさに悪夢ですね。男はどうなったんですか」

「密室の中で予想もしないことが次々と起こるのよ。助けが来るまでの退屈しのぎに、エレベーターに閉じ込められた四人がお互いの秘密を……」

マッキーがいきなり話を止めた。座敷のほうを見てポカンと口を開けている。

「どうかしました？」

「何してんの、あれ？」

八王子も座敷を振り返って唖然とした。あれだけ騒がしかった座敷の団体客が無言のまま立ち上がって一斉に服を脱ぎ始めたのだ。まるで、水泳の授業の前の小学生である。

「よ、余興とかですかね……」

それにしては様子がおかしい。十人以上の大の大人が一心不乱で脱いでいるのだ。しかも、他の客や店のスタッフは見て見ぬふりをしている。

「何で、誰も注意しないわけ？」

「いや……何かおかしい……」

見て見ぬふりじゃない。客もスタッフも、この異様な光景を完全に見ていない。皆、三線の演奏を楽しんで料理に舌鼓を打っている。異変に気づいているのは、マッキーと八王子だけだ。

とうとう、座敷の中年男たち全員が全裸になった。

「やだ、これ、お店からのサービスじゃないわよね？」

マッキーは口では迷惑がっているが、嬉しそうな顔を隠せていない。

「どんなサービスなんですか」

次に全裸の男たちが取った行動に、さらに八王子たちは仰天した。全裸の男たちは各自の財布を出し、刺身の盛り合わせが乗っていた大皿に、次々とお金を乗せ始めたのだ。しかも、財布の中身を全部である。

「また、何か始めたわよ。これ、フラッシュモブ？　ユーチューブにあげるつもりなのかしら？」

さすがのマッキーも顔を引き攣《つ》らせている。

今度は全裸の男たちが、座敷を出て蜂の巣を突いたように散らばり、各テーブルを回った。

「嘘だろ……」

なんと、他の客たちや従業員までもが、自分の財布から取り出したお札と小銭を、全裸の男たちに渡していくではないか。いつのまにか、三線の演奏が止み、店内は静まり返っていた。

八王子は、異様過ぎる光景に、言いようのない恐怖を感じた。

今夜の十九時に、《琉球酒菜》いう沖縄料理の店に行ってみ。そしたら、わしを信じるようになるで。

深作の言葉が頭蓋骨《ずがいこつ》の中で反響する。

全裸の一人が、八王子の前に大皿を置いた。集めたお金が積まれている。店内中の人間が、魂が抜け落ちたような顔で八王子を見ていた。

「逃げるわよ！」

マッキーの声と同時に、八王子は店の外へと走り出した。

6

「カクテルなんか飲むの、何年ぶりかしら」

《ホテルポセイドン》のメインバーのカウンターで、妻の彩芽《あやめ》が頰を赤らめた。間接照明の下の彩芽の美しさに、奥田《おくだ》祇晶《まさあき》は照れくささと同時に愛おしさを覚えた。

今年で六十五歳。明日が彩芽との三十五年目の結婚記念日だ。

「マティーニなんて強い酒飲んで大丈夫か？」

「だって、せっかくなら有名なカクテルを頼みたいじゃない」

「酔っ払っても知らないぞ」

「介抱するのはあなたの役目ですよ。お部屋までお姫様抱っこで連れて行ってくださいね」

彩芽が冗談を言って笑うなんていつぶりだろうか。

「ぎっくり腰になるよ」

「まあ、ひどい。腰が悪いのは私よ」

「また痛むのか？」

「背中と肩の痛みは、お薬の副作用もあるんだって」

「そうか……いいマッサージをしてくれる病院が近くにないか、ホテルの人にでも聞いてみるよ」

祇晶は、目頭が熱くなり、泣きそうになるのを懸命に堪えて、メーカーズマークのロックをゴクリと飲んだ。

彩芽は六十一歳。あのことがあってから、彼女は自分の人生を惰性で過ごしてきた。笑顔が消えて、食欲は失せ、紙のように痩せていった。

二十九年前、祇晶と彩芽の一人息子が死んだ。

名前は、草太《そうた》。六歳だった。小学校に入学したばかりの春の日。横断歩道に突っ込んできた車に轢《ひ》かれた。

ドライバーが運転中に脳梗塞《のうこうそく》を起こしたのだ。他にも小学生たちはいたが、はねられたのは草太だけだった。

残された祇晶と彩芽は途方に暮れた。家族から喜びという二文字が消えた。笑うような出来事があったとしても、幽体離脱してるみたいに、もう一人の自分が冷めた目で自分を見ていた。新しく子供を作ろうと努力をしたこともあったが長続きはしなかった。

今でも、ランドセルを背負った子供を見ると胸が締め付けられる。

「次は私もカクテルにしようかな」

メーカーズマークを飲み干した祇晶は指で氷を回した。氷が美しい球状に削られていて、グラスはバカラだ。カウンターは一枚板。バーテンダーの腕も確か。バーが素晴らしいのは一流のホテルの証である。

「泡盛ベースのカクテルがあるみたいよ」

「私が先にぶっ倒れてしまうよ」

草太が亡くなったあと、現実から逃げるために酒を浴びるように飲んだ時期があった。そのせいだけではないが、仕事もいくつか替えた。肝臓を痛めてからは、めっきりと酒量は減っている。

「せっかく沖縄に来たんだから挑戦してみれば？」

彩芽が、祇晶の目を覗き込む。

「そうだな」

祇晶は、微笑みを返した。胸の中に温かいものが灯ったような気がした。

「あれ？　無人島で一緒だった人たちだ！」

バーの入口から入ってきた若い女性が、手を振りながらこちらに近づいてきた。

父親と仲良くカヤックを漕いでいた女の子だ。

「あら、こんばんは。同じホテルだったのね」

彩芽が、マティーニのショートグラスを手に頭を下げる。

「夫婦でバーに来るなんて素敵ですね。私もそういう夫婦に憧れるなあ」

女の子が馴れ馴れしく彩芽の肩に手を置いた。しかし、嫌悪感は感じさせない。無人島ツアーのときも気軽に話しかけてきて、祇晶と彩芽のぎこちなかった空気をほぐしてくれた。

「久しぶりにこういうお店に二人で来たのよね、あなた」

照れくさそうな視線を彩芽が祇晶に向ける。

「そうだな。何年ぶりになるかなあ」

草太が亡くなってからは、二人でゆっくりと過ごす、いわゆるデートのようなことはしていない。

「ますます素敵です。お二人で旅行なんですか？　もしかして、結婚記念日の旅行だったりして」

「凄いわ。正解よ」彩芽が目を丸くした。「三十五年目の結婚記念日なの」

「本当ですか？　当たったー！」アイドルのコンサートのように、拳を突き上げる。「三十五年間も一緒にいるなんて凄いですね。今はどんな気分なんですか？」

「あっという間だったわ。気がついたらこの歳になっていたもの」

一瞬、彩芽が悲しげに目を伏せる。きっと、草太のことを思い出しているのだろう。草太が生きていれば、三十五歳になる。結婚して子供がいてもおかしくない年頃だ。

「君は一人で来たの？」

祇晶は、胸がはり裂けそうになる前に話題を変えた。

「お父さんが部屋でグーグー寝てるから暇で暇で」

「シュノーケルで疲れたんだな」

「みたいですね」女の子が肩をすくめる。「あ、私のことは桜って呼んでください」

「よかったら、ご一緒にいかが？」

彩芽が、桜を誘った。彼女が他人を同席させるなんて初めてだ。

「いいんですか？　嬉しい！」

桜が遠慮せずに、祇晶と彩芽の間に座る。

「桜ちゃんこそ、お父さんと仲がいいわね。沖縄には二人で来たの？」

「はい。ウチの家族は父と娘の二人だけなんで」

それぞれの家庭にそれぞれの事情がある。

ただ、桜には〝陰〟が微塵《みじん》もなかった。カヤックを漕いでいるときも、沖縄の太陽より明るかった。

この明るさこそが、祇晶と彩芽に必要なものだ。二人とも人生は残り少ない。どれだけ悲しんだところで、草太は帰ってこない。

結婚記念日に沖縄に旅行をしたいと言い出したのは、彩芽のほうだった。ずっと覇気がなく、消え入るように生きていた彼女が、そんなことを願ってくるなんて意外だった。でもそれ以上に嬉しくて、貯金を切り崩し、この贅沢な高級リゾートホテルを予約したのである。

「桜ちゃんは何を飲むの？　今夜は私たちがご馳走するわ」

「いいんですか？　ラッキー」

桜が、さらに拳を突き上げて大げさにガッツポーズをした。

その姿を見て、彩芽がくすくすと笑う。アルコールのおかげもあるのかもしれないが、今夜の彩芽は出会ったころのように眩しい。

桜は、チャイナブルーというライチのリキュールとグレープフルーツジュースとブルーキュラソーを使ったカクテルを注文した。ロンググラスの中は青くて美しく、昼間の海を思い出す。

三人で乾杯をして、他愛のないお喋りに花を咲かせた。夢のような時間だった。カヤックのときの、ぎこちなさが嘘のようだ。沖縄に来て半日ぐらいは、どう振る舞っていいかわからず、夫婦で戸惑っていた。幼くしてこの世を去った草太のことを思うと、どうしても人生を楽しむことに罪悪感を覚えてしまう。

「あれ？　奇遇ですね！」

背後から甲高い声をかけられ、祇晶は驚いて振り返った。

そこには、カヤックのインストラクターをしてくれた色黒の男がグラスを持って立っていた。三十歳前半に見えるが、桜親子との会話の中では四十歳を超えていると言っていた。

たしか、名前は岡村鉄平だ。

「お疲れ様！　鉄平さんもここに泊まってるの？」

早くも酔っ払いかけているのか、桜のテンションが高い。相手が誰でも態度を変えない子だ。

「まさか。安月給なんだからこんな高級ホテルは無理だって。たまに、ここのバーに飲みにくるだけだよ」

「すてきなバーですものね。私も沖縄に住んでいたら毎晩通いたいわ」

断りもせずに酒席に参加する鉄平を、彩芽が笑顔で迎え入れた。

「僕からすれば、毎晩通えるほどリッチになるのが先ですけどね」

「言えてるわ。あっという間に貯金がなくなっちゃう」

二人は笑い合っているが、鉄平が不自然なくらい愛想がいいのが気になった。昼間の彼の印象は、集中力の欠けた無愛想なインストラクターだった。

「桜ちゃん、お父さんは？」

鉄平が、店内を軽く見回す。わずかに声のトーンが高い。

「バテバテで部屋で寝てるの。いびきがやばかった」

「ここには飲みにこないのかな？」

「起きたら来るかもしれないけど……」

桜が、答えながら怪訝《けげん》そうに眉をしかめる。

「そうかあ」

なぜか、鉄平は残念そうだ。てっきり、桜が目当てなのかと思ったが、そうでもないらしい。

「改めて沖縄の夜に乾杯しましょう」

彩芽が、マティーニのグラスを上げた。

祇晶、桜、鉄平も自分のグラスを持ち、続く。店内に流れるＢＧＭのジャズがちょうど、『ミスティ』から『酒とバラの日々』に変わった。歌っているのはエラ・フィッツジェラルドだ。

旅先で出会った者同士が、こうして酒を酌み交わす。彩芽の言うとおり、たしかに素晴らしい夜だ。

もう少し、生きてみようか。彩芽を説得して……。

沖縄に来たのは結婚記念日のお祝いと、もう一つ理由がある。美しい海に身を投げて、夫婦二人で人生のピリオドを打ちたかったのだ。

膵臓癌《すいぞうがん》。ステージ４。余命半年。

先月、妻の彩芽が病院から宣告された。

最愛の息子を六歳で失い、妻に先立たれるなんて耐えられない。ならば、一緒に旅立とうと沖縄を選んだのだ。

「くうー、たまんない」

モヒートを飲んだ鉄平が目を閉じる。早くも鉄平が握る細長いグラスの氷が溶け出し、カウンターに小さな水たまりを作っている。やたらと体温の高い男だ。

「これ、めっちゃ美味しい！」

桜が、チャイナブルーを半分ほど飲んでからうっとりと眺めた。店の照明を受けるグラスの青が、キラキラと輝いていた。

7

本当に……ここで待っていればいいの？

深夜。晴夏は《ホテルポセイドン》のプライベートビーチの先にある島に一人で立っていた。島といっても半径五メートルほどの小島で、ビーチの向こうの《ホテルポセイドン》の明かりが微《かす》かに届くほかは、灯りひとつない闇だ。

「綺麗……」

不安を搔き消すために夜空を見上げた晴夏は、思わず呟いた。満天の星が空から零れ落ちてきそうだ。こんな静かな夜は、東京では絶対に味わえない。聞こえるのは波の音と、緊張で破裂しそうな自分の心臓の鼓動だけだ。

眠っている信次を部屋に置いてきた。スヤスヤと穏やかな寝息を立てている寝顔を見たら、苦しくて息が詰まった。

この人を裏切ってはいけない。部屋を出ながら、何度も自分に言い聞かせた。

晴夏は、紛れもなく信次を愛していた。この先、二度と、これほど身も心も委ねることのできる男には出会えないだろう。

——水族館で結婚式をしよう。俺たちが初めて出会った場所でやりたいんだ。

普段は仕事のことばかり考えていて女心には鈍感な男だけれど、たまにロマンチックになってくれる。

朝になれば、ウェディングドレスを着て、水族館で挙式をする。牧師とともに、開園前に入れて貰い、巨大な水槽の前で愛を誓い合ったあと、親族が待つ《ホテルポセイドン》のチャペルに移動するのだ。

一般人なら、決して真似できないプランだ。こんな企画を実現できるのは、権力者である信次の父親のおかげである。

中屋敷聖人《きよと》。信次の父は、大手自動車メーカーの代表取締役会長である。

当然、中屋敷家はたいへんに裕福な家庭だが、信次は後を継がせようとした父親に反発して整体師になった。父親からの援助は一切受けずにここまできたのだが、結婚式は晴夏のためにと、父親に頭を下げたのだ。

「こんばんは」

ふいに背後から声をかけられ、ぎくりと体を強張らせた。

「こ……こんばんは」

振り返ると、火のついたタバコをくわえた男が立っていた。年齢は五十歳前後だろうか。眼光が鋭い強面で、痩せ型の男である。

「初めまして。白鳥叶介です。小出晴夏さんですね？」

「はい」

「すいませんねえ。こんな辺鄙《へんぴ》な場所まで来て貰って」白鳥がゆっくりとタバコの煙を吐く。

「相手は〝浪速《なにわ》の大魔王〟と呼ばれた男なんでね。慎重になるに越したことはないんです」

浪速の大魔王とは、深作正美のことだ。ダサくて仕方のない通り名だが、奴の恐ろしさを知った今は笑えない。

「本当に助けて貰えるんですか？」

「それが仕事ですからね」

「ありがとうございます」

強面《こわもて》の割には物腰が柔らかい。声も電話で話したときより優しくて、安心できる口調だ。

「お礼を言うのはまだ早い。魔王の呪いを外してからです」

「は、はい」

「晴夏さんから見て、呪いをかけられてる人間は誰かな？」

「私の夫になる中屋敷信次と……」

「旦那以外には？」

「大阪に住んでいる私の家族です」

「ほう……」

白鳥が、目を細めた。

「家族構成を教えていただけますか」

「父と母。弟が二人なんですが……父は私が五歳のときに母が再婚した相手で……」

自分の家族の話をするとどうしても胸が苦しくなって、まともに息ができなくなる。

「どの家族にも問題はありますよ。話してください」

「弟たちが生まれてから、私の居場所がなくなって……十七歳のときに家出をしたんです」

内臓が捩《よじ》れるような感覚に襲われて、一気に吐き気が込み上げてきた。晴夏が実家で暮らしていた日々は、地獄ですらリゾートに思えるほど、最悪の連続だった。

「家出をしてからどれだけ家族に会わなかったのかな？」

「……十年以上です」

上京してから、ずっと家族のことは記憶から抹消していた。

「ずいぶんと長いな。結婚することになって家族と再会したんだね」

「はい……私は絶対に嫌だったんですけど……シンちゃんがどうしても挨拶をしたいって言うから、二人で大阪に帰ったんです」

「そこで、深作と遭遇したんだね」

暗闇の中で、白鳥の鋭い目が光を帯びる。

晴夏は、静かに息を吐いて頷いた。深作と初めて会った日のことを思い出すと、全身の震えが止まらなくなる。

「アイツは当たり前のような顔をして、私の実家に住んでいました」

「電話でも説明したが、狙った獲物に食らいつくのが深作の手口だ」

「今でも信じられません……だって、赤の他人ですよ」

「深作の力を侮《あなど》ってはいけない。奴はどんな相手であってもやすやすと心の隙間に入り込む」

晴夏からすれば鬼のようだった両親が、実家で深作に奴隷としてこき使われている光景は直視できなかった。しかも、本人たちは、奴隷にされていることにまったく気づいていないのだ。

「どうやって、深作と戦うんですか？」

「企業秘密だからすべては教えられませんが……」白鳥がニヤリと笑い、タバコを携帯灰皿で揉み消した。「塗り絵みたいなもんですよ」

「塗り絵？」

「洗脳されている人間は、意識を透明にされているんです。だから、洗脳のプロに植えつけられた〝絵〟が見えない」

「本人たちは、無意識に深作の命令どおりに動いてしまうということですか」

……洗脳のプロ。それが、深作正美の本性だ。魔王の如く、数々の人間を洗脳し、巨万の富を築き上げてきた。

「そのとおり。だから、彼らが深作の命令に従う前に、気づかせてあげるんだ。少しずつ色を塗っていけばどんな絵かわかるだろ」

すべて理解できたわけではないが、ほんの少しだけ、深作に対する恐怖が薄まった。

「あの……深作とお一人で戦うんですか」

「仲間を一人連れて来ている。まだ若いがなかなか優秀な女の子だよ」

「女の子……ですか」

「大丈夫。深作と同じ、こっちもプロだ」

洗脳外しのプロ。通称、解体屋。それが白鳥叶介の仕事だ。

第二章　晴夏の家族

大阪　三ヶ月前

「ダメだ。吐きそう」

新幹線が新大阪に着いた途端、晴夏が口を押さえた。

「本当に？　ヤバいの？」

隣で荷物棚からボストンバッグを降ろしていた中屋敷信次は、慌てて訊き返した。初めて晴夏の家族に会うために大阪までやってきたというのに、緊張している暇もない。

「うん。吐いていい？」

晴夏が真っ青な顔で答える。

「大丈夫？　トイレまで行ける？」

「無理……」

「ここに吐いて」

信次は、駅弁が入っていたビニール袋を晴夏の顔の前に出した。崎陽軒《きようけん》の焼売《シウマイ》の匂いが漂う。本来食欲をそそるこの香りは、気分が悪い人間にとっては逆効果にしかならないだろう。かえってかわいそうなことをした。

「やっぱり駅のトイレまで我慢する」

そう言って晴夏は席を立ち、小走りで新幹線の通路を急いだ。

「待ってくれよ！」

信次は、晴夏の分の荷物も抱えて追いかけた。

新大阪駅の待合室で休憩したあと、御堂筋線《みどうすじせん》で晴夏の実家がある難波《なんば》方面へと向かう。大阪に来るのはこれで三度目だが、地下鉄に乗るのは初めてだった。

地下鉄は混んでいて、座ることはできなかった。晴夏の吐き気は治まったみたいだが、さっきからずっと無言のままだ。

「夜ご飯は何食べる？」

信次は、明るく振る舞って訊いた。

「……何が食べたい？」

完全に食欲のない顔で、晴夏が答える。ありえないことだった。彼女はどれだけ体調が悪くても、一日三食を欠かさない健啖家《けんたんか》なのだ。

「やっぱり、粉ものかな」

やはり本場のお好み焼きは食べておきたい。前回、大阪へ旅行したときは、道頓堀《どうとんぼり》にある有名店で食べたのだが、行列に一時間も並んだ割にはイマイチだった。晴夏曰く、繁華街には観光客をターゲットにした店が多いので、地元に根づいた店で食べなければ、お好み焼きの真価はわからないらしい。

「あと、焼肉も関西のほうが安くて美味しいんだろ？」

「うん……」

晴夏の顔色は冴えないままだ。これ以上、食べ物の話で誤魔化すのも限界だ。

「どうしても嫌なら、ハルちゃんの家族に会うのはやめようか」

「せっかく、ここまで来たのに？」責めるような目で晴夏が信次を見る。「シンちゃんが、無理やり大阪まで連れて来たんだよ」

「そんな言い方しなくてもいいだろ。結婚するんだから、ご両親に挨拶するのは常識じゃないか」

東京で何度も話し合ったが、その度に言い争いになった。なんとか晴夏が折れてくれたものの、二人の間にギスギスしたものが残っている。

「常識がまったく通用しない家族なのよ」

これも何度も聞いた台詞である。

たしかに、晴夏の家庭は複雑な環境だと思う。裕福な家庭に生まれて何の不自由もなく過ごしてきた信次とは大違いだ。

だからといって、信次の幼少時代が幸せだったと決めつけるのは勘弁して欲しい。信次なりの苦しさや悩みを抱えていたし、一度は父親に勘当されてまで整体師の道を選んだのだから。父親を殺したいとさえ思ったこともある。

信次の父親には、一年前に晴夏を紹介した。父親は、晴夏をひと目で気に入った。六年前に病気で他界した母親にも晴夏を会わせたかった。サバサバとして、どんな相手でも態度を変えない晴夏は、信次が今まで付き合ってきた金目当ての女たちとは違う。

だから、晴夏の家族が、彼女の言う「クズ」だとは、この目で確認するまでは信じられないと思っていた。

「ハルちゃん。少しでいいから話をしてくれないか」

「何の？」

「家族の関係だよ。過去に何があってそんなに両親を憎んでいるのか……」

知っているのは、晴夏が五歳のときに母親が再婚して、新しい父親が来て弟が二人できたことぐらいだ。

「親だけじゃないわ。弟たちも許せない」

「そんなに……」

「家族全員、殺したいわ」

晴夏が、汚物《おぶつ》を見るように顔を歪めた。自分の家族の話をするときだけ、いつもの明るい彼女が、この表情になる。

信次は、言葉を失った。早口で漫才みたいな会話が飛び交う車両の中で、信次と晴夏だけが黙っている。

何があろうとも……絶対に結婚式を挙げる。

信次は、己の不安を押し殺すために、俯《うつむ》いている晴夏の手をそっと握りしめた。


御堂筋線の《なんば》で千日前《せんにちまえ》線に乗り換え、《桜川》という駅で降りた。駅から徒歩五分もしない大通り沿いのマンションで、晴夏が足を止めてため息をついた。

「ここ？」

信次は、マンションを見上げて訊いた。

「うん。普通でしょ」

晴夏が投げやりな口調で返す。

「いや……とても綺麗なマンションだよ」

「何、それ？　もっとボロボロなのを期待してた？」

そこまでとは思っていなかったが、予想を覆す豪華なマンションで正直驚いた。大通りを挟んで、真向かいにファミリーレストランがあるのが皮肉めいている。

「ご家族はずっとこのマンションに住んでるの？」

「ううん。二年前に引っ越してきたみたい」

晴夏は家族と絶縁していたのだが、突然、二年前から年賀状や暑中見舞いが東京の家に届くようになって、「どうして、私の住所がわかったんだろ？　不気味なんだけど……」と嘆いていた。

信次は大きく深呼吸をして、晴夏の肩に両手を置いた。

「よしっ。気合入れて行こうか」

「ラグビーの試合前みたいだね」

開き直ったのか、晴夏に笑顔が戻る。

「ハルちゃん……俺は」

さらに大きく息を吸い過ぎて、思わず咳き込んでしまう。

「どうしたの？　落ち着いて」

晴夏が笑みを零し、逆に信次の肩に手を置いた。

「人生でマックスに緊張してんだよ」

「私の家族なんかにビビらなくてもいいって。ゾンビでも相手にしてると思えば？」

「ゾンビって……余計にどう対処するか焦るよ」

「殺してくれたら助かる。遠慮しないで」

「やめろって」

「近所にホームセンターがあるから、武器を買っていく？　ハンマーとか。枝切りバサミとか」

「めちゃくちゃだな」

同時にケタケタと笑った。やっといつもの二人になれた。

絶対に、晴夏と結婚する。そう心に誓って、信次はマンションへと入った。


「信次さん、ご飯は食べて来たんですか？」

晴夏の母親が、満面の笑みでリビングに紅茶を運んできた。緑色のカーディガンに細身のジーンズを穿いている。年齢の割にはスタイルがいい。

茶色に染めたボブヘアーにナチュラル系のメイク。家電のＣＭに出てきそうな爽やかさだ。

マンションと同じで、想像していたよりずっと綺麗なことに、信次は戸惑いを隠せなかった。リビングの内装も、モデルハウスみたいに整った印象がある。

「はい。新幹線で駅弁を食べました」

信次は、唾を飲み込み、頭を下げた。ソファの隣に座っている晴夏は能面の表情で固まっている。ここに着いてからも、母親とは必要最低限の挨拶しか交わしていない。

「よかった。何も用意してなかったから、お腹が減ってらしたらどうしようかと考えてたんです」

「いえいえ。大丈夫です」

「晴夏ちゃんはプロの料理人だし。私みたいなド素人がご飯を作るなんておこがましいですもんね」

「そんなことないですよ」愛想笑いで返すしかない。「あの……他の皆さんは？」

部屋には、晴夏の母親しかいなかった。人の気配はしない。

「出かけています。大切な用事があって」

「はあ……そうですか」

娘が婚約者を連れて十年以上ぶりに帰省するのに、わざわざ出かけなくてもいいだろうに……。晴夏が家に来る時間もわかっていたはずだ。

「晴夏ちゃんもお弁当食べたの？」

「……うん」

晴夏が、掠《かす》れた声で返事をした。さっきから、自分の母親の顔を見ようともしない。

「元気そうね。顔色がいいもの」母親が涙ぐんで、信次を見る。「晴夏は幸せなんですね。ありがとうございます。信次さんのおかげです」

「いいえ、とんでもないです」

「頑固な子でいろいろ大変だと思いますが、これからもよろしくお願いします」

「はい……」

信次は、言いようのない違和感に寒気を覚えた。母親の笑顔といい、リビングの内装といい、この家には作り物のような冷たさがある。

「早く二人に先生を紹介したいわ」

「……先生？」

晴夏が眉をひそめる。

「先生は凄い人なの。お母さん、命を助けられたのよ」母親が、爛々と目を輝かせる。「早く二人にも紹介したいわ」

「命って……どういうこと？」

「先生のおかげで本物の人生を取り戻すことができたの」

「はあ？」

「大阪に引っ越してきてから、ずっとこの土地に慣れなかったけど、すべては先生に出会うためだったのね。これまで一生懸命に生きてきたつもりだったけれど、努力の仕方が間違ってたのよ。先生が、いつもおっしゃるの。お寿司屋さんになりたいのに、頑張ってラーメン屋さんの修業をしても、いつまで経ってもお寿司屋さんにはなれないって」

「い、意味がわからないってば」

早口でまくしたてる母親に、晴夏が啞然としている。

「晴夏。よく聞いて」母親が、両手で晴夏の手を握る。「人間はね、自分が間違っているときに気づくことができないの。歯医者さんが自分の虫歯を治せないのと同じなの。わかる？」

「わからないわよ」

晴夏が、母親の手を振り払った。得体の知れない恐怖に顔面が引き攣っている。

「すんまへん。お待たせしたみたいやのう」

リビングのドアが開き、上下グレーのスウェットを着た小太りの男が入ってきた。汗だくで全身から湯気が出ている。異様に離れて垂れ下がった一重の目とこれまた垂れ下がった頬が、昔、都市伝説として話題になった《人面魚《じんめんぎょ》》を思わせた。

「先生、お帰りなさいませ」

母親が反射的に立ち上がる。その顔には尊敬を超えた崇拝の表情が見て取れた。

「白湯《さゆ》くれや」

「かしこまりました」

母親がそそくさとキッチンへと急ぐ。

「内臓を冷やしたらあかん。冷えが不健康の元や」小太りの男が、ふてぶてしい態度でソファに座る。「二人とも初めましてやな」

「あの……どなたですか」

晴夏が露骨に眉をひそめた。

「深作正美や。よろしく頼むで」

小太りが自ら名乗り、薄《うす》らと笑みを浮かべた。

「うちの家族とはどういった関係なんですか？」

「ヤドカリやな」

「はい？」

「わしが住んでやってるねん」

「やってる？」

「仙台太郎って知ってるか？」

「……知りません」

「大昔、仙台におった、幸運を運んでくる男や。その男が入った店は必ず後に繁盛するから、どの店もこぞって仙台太郎を我が店に招いてん。もちろん、飲み食いする分はタダやで」

「何の話ですか？」

「わしも幸運を人に与えるねん。それが仕事や」

信次は、晴夏と目を合わせた。

「幸せの定義は何やと思う？　金は当然必要やが、あればええってもんでもない。実際、宝くじで億万長者になった人間の大半は不幸になっとる」深作が、戸惑う二人を気にもせずに続ける。「兄ちゃんの名前は？」

「中屋敷信次です」

「マッサージ師やな？　手を見ればわかる」

「……そうです」

問答無用に深作のペースに引きずり込まれていく。

「お嬢ちゃんは、美味い飯を食うてるときが一番幸せか？」

深作が、馴れ馴れしく晴夏に訊いた。

「は、はい」

嘘ではない。彼女が料理人の道を選んだのは食べるのが好きだからだ。

「ほな、お嬢ちゃんが作った料理を客が美味そうに食うてる姿を見たら？」

「もちろん、嬉しいです」

「自分が食うてるときと、どっちが幸せや？」

深作の黄色く濁った目が、ジロリと晴夏の顔を覗き込む。

「それは……お客さんが食べているときです」

晴夏が作ってくれた料理を初めて食べたとき、とても驚いたことを思い出す。亡くなった母親の味に似ていたのだ。

「せやろ？」深作が満足げに頷く。「人間は自分だけでは幸せになられへん。他人の喜びが真の幸せやねん」

胡散臭《うさんくさ》いが、間違ってはいないので同意せざるをえない。

「ていうか、いつから、この家に住んでるんですか？」

晴夏が、嚙みつくように訊いた。

「二年前よ」

湯のみに入った白湯を持ってきた母親が、代わりに答える。

「何それ？」

「そんな顔しないでちょうだい。住んでくださいとお願いしたのはこちらなんだから」

信次は、深作の横に立つ母親を見て背筋が寒くなった。彼女は、鎖につながれた忠犬の如く、何の疑いもないという顔をしている。

……こんな見るからに怪しい男と二年間も同居？

さっきから、母親の言動といい、おかしすぎる。

「他のみんなはどこにいるの？」

晴夏の義父と弟たちのことだ。

「なんばの駅前におる」深作が、白湯をひと口飲む。「三人で並んで正座して声出しをしとるわ」

「正座……声出し？」

「あいつら、道行く人の幸せを願って祈るんや」

「嘘でしょ？」

「お父さんたち、毎日、行ってるのよ」母親がニコニコと笑う。「晴夏ちゃんも白湯飲む？」

「飲むわけないでしょ」

晴夏が、顔を真っ青にして立ち上がった。

「ハルちゃん、落ち着いて」

「シンちゃん、帰ろう」

腕を摑もうとした信次を置いて、晴夏が早足でリビングを出て行った。

「し、失礼します」

信次は、母親に頭を下げて晴夏の後を追った。

「また、いつでも遊びにおいでや」

深作が、ズズッと音を立てて白湯を飲んだ。

第三章　結婚式の惨劇

8

午前五時。八王子は呻《うめ》き声とともに目を覚ました。気持ち悪い夢を見ていたはずだが、内容を思い出せない。

「どうしたのよ！　ニワトリが絞め殺されたのかと思ったじゃない」

ツインのもう片方のベッドで寝ていたマッキーが飛び起きた。

「すいません……」

クーラーが効いてる部屋なのに、首が汗でビッショリだ。

「まだ、昨夜のことを気にしてるわけ？」

「当たり前じゃないですか。あんなことがあったんですよ」

居酒屋で目撃したことは、とても信じられる光景ではなかった。一刻も早く忘れたくてホテルに戻ってきて泡盛をたらふく飲んだ。

「まあ、さすがのアタシも度肝を抜かれたけどね。ブラブラしてたおじさんたちのアレが目に焼き付いて離れないわ」

「あれ……何だったんですかね？」

「また、その話を蒸し返すわけ？　集団催眠ってことで落ち着いたじゃない」

「納得できないんだよな……」

「アタシだってそうよ。深作って男は催眠術師だったってことでしょ。本物なら、一度、会って顔を拝んでみたいわ」

「もう会いたくないですよ」

しかし、あの男は再び八王子の前に現れる。そんな予感がしてならなかった。

「あんなことができるなら、何だって可能よね。考えたら怖くなってきちゃった」

「何を考えたんですか？」

「ねえ、朝からやめない？　朝食の島野菜のビュッフェを楽しみにしてるの。ビュッフェは集中力が必要だから体力を温存しておきたいの」マッキーが、シーツの中に潜り込もうとする。「二度寝するわよ」

「教えてくださいよ。余計に気になるじゃないですか」

「もーう」マッキーが面倒臭そうに、また体を起こす。「だって、深作は人を操れるわけでしょ？」

「その可能性はありますけど」

「八王子ならどうする？」

「何がですか」

「もし、人を操れたら何をさせる？」

「いきなり訊かれても……」

誰かに自分の代わりに傑作の漫画を描いてもらいたい。いや、描くのは八王子がするから、せめて素晴らしいアイデアを考えて欲しいが、そんな甘い話があるはずない。

「他人が行動を起こすんだから自分は罪に問われないのよ。催眠術なんて、立証しようがないし。殺人だって可能だわ」

マッキーが、そう言って重低音のオナラをした。あまりにも緊張感がなく、拍子抜けしてしまう。

「ちょっ、やめてくださいよ」

「オナラぐらいいいじゃない。健康の証よ」

「アルトサックスみたいな音が出ましたよ」

「いい音色じゃない？　次はトランペットが出そう。マイルス・デイヴィスみたいな屁《へ》をするわ」

「やめてくださいってば！　天国のマイルスに謝ってください」

八王子は呆れてため息を漏らした。

「あんたがずっと暗い顔をしてるから励ましてあげたのよ」

マッキーが大げさに鼻を鳴らす。

「励まし方がおかしいでしょ」

「たとえばの話よ。人間の心はしっかりしてそうで案外脆《もろ》いってこと。人格なんて環境次第でいくらでも変わるしね。善人があっという間に悪人になるわ」

「たしかに……テロや戦争はいつまで経ってもなくなりませんもんね」

昨夜の居酒屋で突如おかしくなった連中は、見た目はいたって普通の市民だった。明らかに赤の他人同士のはずなのに、全員が同時に魂を抜かれた表情で八王子を見てきたのだ。そして大金をかき集めて渡そうとした。

「とりあえず、忘れたら？　深作のほうからコンタクトを取ってきても無視すればいいじゃない」

「そういうわけにはいきませんよ……」

「このホテルを貰えるんだもんね」

からかうようにマッキーがニタリと笑う。

「貰えるわけないでしょ。そんな戯言を信じるほどおめでたくはないですってば」

「でも、あの男を漫画のネタにはしたいんでしょ？」

「はい」

八王子は素直に認めた。あれほど忘れたいと思っていたはずなのに、クリエイターとしてのもう一人の自分が、とんでもない宝物を発見した喜びに胸を高鳴らせている。

ただ、危険極まりない宝物だ。

「大阪の知り合いに深作のこと聞いてみようか。もしかしたら、有名な詐欺師とかかもしれないし」

「そっち系に詳しい人がいるんですか？」

「うん。腐れ縁の探偵がいるのよ。昨日、居酒屋で話そうとした〝エレベーターの事件〟もそいつ絡みなんだけどね」マッキーが苦々しく顔を歪める。「あれは、マジで悪夢みたいな夜だったわ」

「お願いしてもいいですか」

少しでも深作の情報が欲しい。一体、奴は何者なのか。どういう人生を送ってきたのかが知りたい。

もし、深作をモデルにするなら、少女漫画ではなくなる。人の心を操る魔物のような悪役になるだろう。

待てよ……。あえて、深作を主人公にしたダークヒーローの物語はどうだろうか。彼にも純粋な少年時代があったはずだ。少年が魔物に変わっていく姿を描くことができれば、新境地に辿り着けるかもしれない。

「あんた、餌を見つけた野良犬みたいに目が爛々と輝いてるわよ」

「すいません」

「いいのよ。スランプを脱出させるために沖縄に連れてきたんだから」

「……本当にそれだけですか？」

「ん？　何、その質問？」

「他に別の目的があるんじゃないかって思って……」

「沖縄にダーリンがいるとか？　アタシ、平井堅みたいな濃い顔、たしかに好きだし。実は、関西人なんだけどね。あと、ＢＥＧＩＮのボーカルね」

マッキーはとぼけてみせるが、目が笑っていない。《フルスイング》でも、大半はふざけて下ネタばかり言っているのだが、たまに謎めいた顔をする。八王子が常連客となった理由のひとつだ。

「僕なんかのために、ありがとうございます」

「お礼を言うのは傑作の漫画を描いてからにしなさい。大ヒットしたら、印税の半分を《フルスイング》で飲みなさいよ」

「わかりました」

計ったようなタイミングで、部屋のドアがノックされた。二人は顔を見合わせて声をひそめた。

「誰よ……こんな時間に」

「ホテルマンですかね？」

当然、来客の予定などない。八王子はベッドから降りると、忍び足でドアへと向かった。廊下から異様な空気が伝わってくる。

息を止め、ゆっくりとドアを開けた。

「おはようさん」

ドアの隙間から、深作がニタリと顔を覗かせた。

9

「おはよう！　桜ちゃん！」

午前七時。鉄平は《ホテルポセイドン》のダイニングレストランで、必要以上に爽やかな笑顔で手を上げた。

「おはようございます」

お目当ての五十嵐桜が、朝食のビュッフェのトレーを持ちながら笑顔で返してくれる。

眩しさのあまり、卒倒しそうだ。鉄平は生まれてこの方、運命の神様など信じたことはないが、今回ばかりは両手を合わせて拝みたい。

ありがとう、神様。こんな俺に幸運をくれて。

自他共に認める女好きの鉄平はこれまで、色んな女と出会ってきたが、桜は群を抜いていい女だ。桜が最高級のキャビアならば、他の女は激安回転寿司の、ゴムみたいな偽造イクラである。

「朝からガッツリいくね」

「お腹ペコペコなんです」

和洋中のおかずが山盛りになったトレーを手に、桜が顔を赤らめた。照れた顔もたまらない。

「痩せの大食いってやつ？」

「私、全然、痩せてないですよ」

「何言ってんの、スタイル抜群じゃん」

「やめてください。おじさんみたいな言い方しないでくださいよ」

「だって、おじさんだもん」

ちょっぴり傷ついたが、桜なら許せる。日焼けをして若作りはしていても、おじさんなのは事実なのだ。

「あれ？　お父さんは？」

鉄平は、慎重に店内を見回して訊いた。

「まだ寝ています」

「よく寝る人だねえ。まあ、健康的でいいじゃない」

「いびきがうるさいのは最悪ですけどね」

チャンス到来。昨夜のバーでは、老夫婦がいたから、そこまで深い話はできなかった。

芝生の庭が見える窓際の席に向かい合わせに座り、朝食を食べることにした。

「美味そう。俺、沖縄の豆腐が好きなんだよね」

「何が目的なんですか？」

「えっ？」

いきなりの質問に、鉄平は顔を引き攣らせた。桜の目が、別人のように鋭くなっている。まるで、遥か上空から獲物を狙う鷹のようだ。

「……目的？」

「とぼけないでください」

「バレちゃった？　いい歳して恥ずかしいんだけど、昨日、桜ちゃんに一目惚れしちゃってさ」鉄平は、動揺を悟られないようにわざとゆったりと話した。「安月給なのに、このホテルのバーで飲んだのも桜ちゃんと仲良くなりたかったからなんだよね」

「嘘つけ。この野郎」

顔つきでなく、桜の口調までがガラリと変わった。

「へ？」

鉄平は、啞然として口をポカンと開けた。

「ウチの仕事を邪魔すんなって言ってんだよ」

「し、仕事？」

「ウチらが本物の親子じゃないって気づいたんだろ？」

やっぱりそうだった。ここは素直に認めるしかない。

「桜ちゃんの父親を装っている男……白鳥叶介だろ」

「そこまで知ってんのかよ。最悪じゃん」

桜が額に手を置き、ため息をつく。昨夜、ホテルのバーで可愛らしいカクテル片手にはしゃいでいた女の子はどこにいったのだろう。

「そのヤンキーみたいな言葉遣い、やめてくれないかな。怖いよ」

「うるさい。白鳥さんとはどこで会ったのよ？」

「五年前に刑務所で……」

「あんたも入ってたのね」桜が眉間に皺を寄せる。「何をやらかしたわけ？」

「別に……何でもいいだろ」

鉄平は隣のテーブルを気にしながら声をひそめた。若い夫婦が微笑みながら赤ん坊を見ている。

「白鳥さんが気になるってことは、詐欺《さぎ》？」

「まあ……そんなところだな」

どうしても金が必要だった。自分の店と大切な人を失わないためにも。

当時は三十代になっていたが、運動神経には絶対の自信があった。緊急の金を稼ぐために鉄平が選んだ道は、まさに〝体を張った〟仕事だった。

「いや、詐欺師の臭いはしない。もっとショボい仕事だね」桜が自信たっぷりに断言する。

「嫌になるぐらい詐欺師と戦ってきたからわかる」

「戦う？」

「白鳥はウチと組んでるの」

「マジかよ……」鉄平は、目を見開いて桜を見た。「白鳥って相当胡散臭い野郎だぞ。インチキ宗教家だろ」

白鳥叶介は、マインドコントロールの達人として、裏の世界では有名だった。もとは辞書のセールスマンだったのだが、霊感商法で荒稼ぎする新興宗教団体を立ち上げ、逮捕されたのである。

「白鳥は足を洗って、今は別の仕事をしてるんだ」

「どんな仕事？」

「解体屋」

桜が、得意げな表情を見せた。どこか悪戯《いたずら》好きな子供みたいである。

「は？　何だ、それ？」

「洗脳を外すプロ。マインドコントロールの達人だからこそできると思って、ウチがアドバイスしたわけ」

「アドバイスって……君が白鳥に足を洗わせたのか」

「うん。詐欺にかかる人間は洗脳されてるみたいなもんだしね。白鳥の能力は使えると思って、誘ったら、足洗うってさ。それにこっちにまあまあ適性あったし」

「き、君は、一体何者なんだ？　あの白鳥とパートナーを組むなんて……」

「は？　冗談やめてよ」桜が大げさに肩をすくめた。「白鳥はあくまでもウチのアシスタントだってば」

「アシスタント？」

「そうよ。ウチが使ってあげてるんだから。そこを勘違いしないでよね」

桜からは、尋常ではないオーラが漂っている。刑務所で、そこそこの〝ワル〟たちに出会ってきたが、彼らよりも遥かに強烈な、アウトローのオーラだ。どういう人生を歩めば、ここまでになるのだろうか。まだ二十代前半なのに。

「頼む。君の仕事を教えてくれないか」

鉄平は、懇願するように訊いた。

「ペテン師よ」桜が意味深な笑みを浮かべた。「ウチには美学とプライドがある。一般人や弱者は狙わない」

「じゃあ、誰をターゲットにするんだ？」

「一流の腕を持つ犯罪者よ。奴らを叩き潰すのが生きがいなの。白鳥やあんたみたいな雑魚《ざこ》に興味はない」

本来ならカチンとくる台詞だが、不思議と納得してしまう。

「つまり、君が戦う相手が今、沖縄にいるんだな？」

「そういうこと」

「そいつはこのホテルに宿泊してるのか」

「あんたには関係ないから。それ食べたら、消えて。二度とウチの前に現れないで。忠告するわ。邪魔をしたら許さないわよ」

桜の迫力に、背筋が凍りつきそうになる。

「消えるから教えてくれよ。邪魔しないと約束するからさ」

鉄平は、手元にあったフォークを強く握りしめて言った。ビュッフェで選んだおかずはすべて和食なのに、なぜ、フォークを持ってきたのだろうか。

「ふざけないで。フォークを放して」桜の顔色が変わる。「まさか……すでに、あんたも深作に洗脳されてるの？」

フカサク。

その単語を聞いた瞬間、鉄平の脳が炙《あぶ》られているかのように熱くなった。

くそったれの人生だった。若いころから何をやってもうまくいかず、借金をして開いたサーフショップも三年も保たなかった。同棲していた婚約者も愛想を尽かして逃げていった。

ヤケクソになった鉄平は、手っ取り早く金を稼ぐ決意をした。金さえあれば、やり直せると信じていた。

ひったくり。女や年寄りを狙った。高校時代、陸上部で短距離でインターハイに出た過去が汚れた。

刑務所を出てから何とか立ち直ろうとしたが、無理だった。どんなに隠しても、元犯罪者という情報が、どこからか漏れてしまう。

そんな中、沖縄に行くことを勧めてくれた人物と出会った。

殺せ殺せ殺せ殺せ殺せ。

男の声が、繰り返し頭の中で囁いている。鉄平は立ち上がり、桜の顔面に向けてフォークを振りかざした。

次の瞬間、背後から伸びてきた腕が、鉄平の手首を摑んだ。

「食事中に行儀が悪いですよ」

奥田祇晶が、ありえない力で、鉄平を無理やり椅子に座らせる。カヤックや昨夜のバーで覇気がなかった老人と同一人物とは思えない。

「お前は……」

「ウチのボディーガードとして今回雇ったの」桜が代わりに答える。「この方は、その道のスペシャリストなの」

「本当に洗脳で人が操られるとは……」奥田祇晶が、桜に言った。「ようやく信じることができたよ」

「よかった。結婚記念日と重なってなければ沖縄に来てくれなかったですもんね」

桜がにこやかに笑い、ビュッフェのパンをひと口かじった。

10

午前八時。

晴夏は、ウェディングドレス姿で《沖縄美ら海水族館》にいた。ジンベエザメがいる大きな水槽の前に一人で立っている。

「いやあ、素晴らしい天気やねえ」

牧師の姿をした深作が、聖書を片手にやってきた。意外にも本職かと思えるほど似合っている。

もちろん、深作が牧師の資格など持っているわけがない。信次がお願いした牧師がいたのだが、なぜか交代させられていた。

深作は、洗脳の力ですべてを可能にする。どんな人間でも、操り人形に変えてしまうのだ。

「シンちゃんを殺す決心はついたか」

水槽を前にして、深作は晴夏と横並びになった。

晴夏は口を固く結んで答えなかった。まっすぐ、閉じ込められている魚たちを見つめた。

シンちゃんも、晴夏の家族たちも、この魚と同じだ。自分たちは自由な海で泳いでいると思い込んでいる。深作という人間に、人生を奪われていると気づかずに。

昨夜、洗脳外しのプロの白鳥は晴夏に言った。

洗脳されている人間は、自分が洗脳されているとは夢にも思っていないんだ。

だから、正気に戻すのは至難の業である、と……。

「ええ顔やなあ。悲しそうな花嫁はぐっとくるわ」

深作が、横顔を眺めて舌舐めずりをした。

「いつまでも、あんたの思いどおりにはならないわ」

「ほう、えらい強気やんけ。頼もしい助っ人でも現れたんか？」

深作のことだ、きっと白鳥の存在はバレている。

「そうよ。あんたをぶっ潰すために雇ったのよ」

「面白くなってきたがな。そいつは信用できんのか」

「何よ……」

「そいつの経歴はちゃんと調べたんかって訊いてるねん」

「調べたに決まってるでしょ」

嘘だった。藁《わら》にもすがる思いで、白鳥に依頼したのだ。そこまでの余裕がなかったし、そんな人の経歴なんて、どうやって調べればいいのかもわからなかった。

「脇が甘いのう。ほんま、甘ちゃんや」深作が鼻で嗤い、聖書をポンポンと叩いた。「これまで、どんだけゆるく生きてきてん」

こめかみの奥がブチリと切れた音がした。

もう限界だ。これ以上、我慢できない。

「ふざけんなよ！」

振り返り、真横にいる深作にブーケを投げつけて胸を激しく突いた。

「おいおい、痛いやないか」

それでも、深作は嗤うのをやめない。

「てめえに私の何がわかるんだよ！」

深作の顔を殴ろうとしたが、両腕を摑まれて水槽に押し付けられた。

「やかましい。お前の人生に興味なんぞあらへん。お前だけやない。どんな人間の人生もや」

「……私の家族を巻き込まないで」

頰に熱いものが伝い落ちる。恐怖と悔しさで涙を堪えることができなかった。

「家族がそんなに大切なんか？」

答えることができない。何度も殺したいと思うぐらい憎んでいた。家出をして、二度と会わないと誓っていた。

そんな家族と、愛する夫を、天秤にかけられている。

「おさらいや」深作が手を離す。「この結婚式で、お前はシンちゃんを殺す。それができないんであれば、わしがお前の家族を殺す。人間を操れるわしからすれば、お前の家族をビルから飛び降りさせたり、駅のホームからダイブさせるのもお茶の子さいさいやで」

この悪魔のささやきを何度聞いたことだろう。

「嫌よ。私は絶対に負けない」

「ほう。勝てる見込みがあるんか」

「あるわ」

晴夏は、深海魚みたいな顔から目を離さずに言った。

「マインドコントロールは催眠術ではない」

昨夜、夜中の海岸で白鳥からアドバイスされた。

「でも……奴は人を操り人形みたいに自由自在に操るんです」

「だとしても、出会ったばかりの人間を操ることはできない。時間と労力がかかる。短期間で洗脳するなら、寝かせないなどの拷問に近いやり方もあるがね」

「深作はどうやって洗脳するのですか？」

「よくわかっていない。謎だ」

白鳥が、ライターの火をつけ、三本目のタバコを吸う。

「洗脳は催眠術ではない。テレビのバラエティー番組でやっているような、言葉だけで人を操るなんて、絵空事だ」

「具体的な洗脳の方法を教えてください」

「相手の心の隙間に入り込むことが肝なんだ」白鳥が、静かに煙を吐き出す。「たとえば営業でもそういうテクニックがある」

「営業が洗脳ですか」

「ある意味な。特殊なものを売りつけるときには、人の心理を巧みに操らなければ誰も財布を開かないだろう？」

「……聞いたことはあります」

晴夏の職業だってそうだ。客の心理を見抜かなければ、店が潰れてしまう。カリスマ性を発揮して荒稼ぎしている料理人を何人か知っている。たとえば、某ラーメン店の店主は接客態度がひどく横柄だ。挨拶もなければ、注文が気に入らない客を平気で追い返す。こだわりの頑固職人を演じているのだ。ただ、それに心酔している客が多く連日満員である。アイドルやタレントと同じで信者を増やしたければ常識の範囲の仕事では無理だ。

「仕込みの客を使って、百万円はする羽毛布団を売る奴らもいる」

白鳥が笑みを湛《たた》えて言った。

「それはどんなやり方ですか？」

「ターゲットの回りを仕込みの客たちでぐるりと囲むのさ。売り手は最初から羽毛布団は売らない。一袋百円のみかんや、五十円の靴下なんかを早い者勝ちで叩き売るんだよ。仕込みの客は声の大きな元気なおばちゃんたちだ。売り手が『この商品が欲しい人！』と言った途端にターゲットの回りで手を上げて『ちょうだい！　ちょうだい！』とギャアギャア騒ぐんだ。その場は加熱し、いつの間にか商品の値段が上がり、ターゲットは百万円の羽毛布団が欲しくて仕方がなくなる」

「そんな簡単に成功しますか」

「集団心理をなめないほうがいい」白鳥が得意げに目を細める。「どれだけしっかりと自分を持っている人間であっても驚くほど他人の意見に左右される」

「わかるような気がします……」

とくに最近ではネット上でそれを感じることが多い。人々が何かに取り憑かれたように正義を振りかざして、問題を起こした芸能人を叩きのめすのを目の当たりにするとゲンナリしてしまう。

「あと営業のテクニックとして〝触る〟というのがある」

「お客さんをですか？」

「人間は体を触られた人を嫌いになれないという習性があるからだ。だから、優秀な営業マンは握手にはじまり、肩を叩いたり、背中を擦ったりなど、なるべく顧客の体に触れようとするのさ」

「キャバクラ嬢のボディタッチとか？」

晴夏は働いたことはないが、たまに自分の店にやってくる——いわゆる〝同伴〟ってやつだ。彼女たちにベタベタと触られている男たちは、皆、鼻の下を伸ばしている。

「そのとおり」白鳥が得意気に指を鳴らした。「DVの男から、なかなか抜け出せない女も洗脳状態といえる。男に散々痛めつけられたあとに優しく抱きしめられるジェットコースターのような態度の落差に抗えないんだ」

暴力は大嫌いだが、その女の気持ちはなんとなくわかる。信次と喧嘩したあとのセックスは、普段のセックスより数倍感じてしまう。彼から「お前しかいない」と求められる気持ちがヒシヒシと伝わってくるからだ。

「じゃあ、私の家族も深作に触れられたのかな……」

想像しただけでも目眩がする。いくら金を積まれても、あんな男に体を触らせはしない。

「おそらくそうだろう。本人たちが気づかないレベルから始まり、いつのまにか、心を開いてしまうんだ」

「でも、体を触られただけで操られるなんて」

「こんな話がある」白鳥が遮るように言った。「昭和の時代まで遡《さかのぼ》るが、ある国民的な歌姫がいた。彼女の晩年だが、腸マッサージを受けていた専属の医者にしか心を開かず、スケジュール管理やら財産まで渡し、家族や事務所の言葉にはまったく耳を貸さなかったらしい」

「そこまで……」

晴夏は、自分の母親と父親の言動を思い出した。とくに、あの恐ろしかった義父が駅前で正座をして祈りを唱えるなど考えられない。

「つまり、深作の唯一の弱点がそこにある」

白鳥が、新しいタバコに火をつける。かなりのヘビースモーカーだ。

「深作から触れられなければ洗脳にはかからないってこと？」

「そうだ」また、白鳥が指を鳴らした。「もし、会っただけで洗脳できるのならば、君に条件を突きつける必要はないだろ」

「奴はどうして、洗脳している人間たちにシンちゃんを殺させないのかしら」

「愛している人間から殺される。そこに意味があるのかもしれないな」

「狂ってる……」

「大丈夫。君は深作の洗脳にはかかっていない。逆転の道はあるさ」

沖縄の満天の星の下で、白鳥が微笑んだ。


「わくわくさせるやんけ」深作が嬉しそうに聖書を叩く。「わしの人選に間違いはなかったわ」

「神様にでもなったつもり？」

晴夏は、皮肉をたっぷりと込めて言った。

「神様は嫌いや。中途半端な人間だけに微笑みかけて、本当に不幸な人間には手を差し伸べようともせえへん」

「あなたの非道な行いに、罰が当たってるのよ」

「お前、本当の地獄を見たことないやろ」

「……あるわ」

　十七歳で家出をするまでは、家の中が地獄だった。家族を殺すことや自殺を考えたのも一度や二度ではない。

　誰も傷つけないために、晴夏は〝逃げる〟という選択をした。

「お前の家族のことかいな」深作は呆れたように顔をしかめた。「ずいぶんとぬるい地獄やのう」

　もう一度殴りかかろうとしたが、グッと堪えた。深作には、なるべく触れたくはない。

「おまたせしました」

　そのとき、白いタキシード姿の信次が現れた。晴夏のウェディングドレスを見て、顔を紅潮させている。「シンちゃん……」

「ハルちゃん、綺麗だよ」

　晴夏にとっての真の地獄は、これから始まるのかもしれない。

第四章　深作の過去

一九七四年　十二月　大阪

「あー、しんど」

店のステレオから流れる小坂明子の『あなた』を聴きながらブランデーの水割りをひと口飲み、客から貰ったハイライトに火をつける。

深作冬美《ふゆみ》は、重いため息と共に煙を吐き出した。

不幸な女の歌は気が滅入る。客のリクエストだから仕方ないが、毎晩、同じ歌をカセットテープで繰り返し聴かされる身にもなって欲しい。

「ママ、どうしたんや？」

常連客の堂山《どうやま》が濁った目で訊いてきた。店から近い製菓工場のお偉いさんだが、酒と女にだらしなく、冬美と話すときも目は胸の谷間に釘付けになっている。店に来たときはスーツと銀縁メガネでエリート臭を漂わせていても、閉店間際にはスケベ丸出しのオッサンに変貌するのだ。

　まあ、こちらも男のスケベ心で商売しているのだから、何も言えないが。

「うち、この歌あんま好きちゃうねん」

「何でや。最近、人気やがな」

「だって、辛気臭いやん。男に逃げられた歌やろ」

「そんな言い方したら元も子もあらへん。不幸な歌詞にメロディが乗っかるからええんやないか」

「他人の不幸に興味はないねん」

「世間はそれが大好物やねんけどな」

　堂山がニヤニヤと笑い、目を細める。もちろん、視線の先は、黒いドレスから零れそうな冬美の胸だ。

　ボンボンの甘ちゃんが何言うとんねん。

　冬美は喉まで出かかった暴言を飲み込み、拗《す》ねたような表情を作った。

「ねえ、堂山さん」

「うん？　どないしてん、ママ。急に甘えた声出してからに」

　堂山の鼻の下が倍近くに伸びる。だらしない男は、小悪魔のようなキャラクターが大好物だ。火傷《やけど》するとわかっていて、手を突っ込みたくなるらしい。

男は、つくづく阿呆だと思う。ただ、そんな男たちがいなければ生きていけない自分は、さらに救いようがない。

冬美は自己嫌悪を忘れるために、毎晩、酒に溺れていた。

「今月、店の売上がしんどいのよ」

前かがみになり、胸をカウンターに乗せて豊満さを強調する。

「なんでや？　飲み屋の十二月は稼ぎどきちゃうんか」

「こんな小さなスナックで、誰も忘年会やってくれへんもん。堂山さん、どうしたら、ええと思う？」

堂山のグラスを持っていないほうの手に、白く細長い指を絡《から》ませる。堂山の汗ばむ手から、むんむんとした欲望が伝わってきた。

「毎日とは言わんけど、しょっちゅう飲みに来たってるがな。新しいボトル入れよか？」

「そんなんじゃあ、全然、追いつかへんわ」

絡める指に力を入れて、ギュッと握る。

「じゃあ……何をすればええんや？」

堂山の濁った目が、胸から離れて冬美の顔を覗き込んだ。戸惑いと興奮を必死に堪えている。

「わかってるくせに」

冬美は妖艶な笑みを浮かべ、だらしない男に止めを刺した。


呻き声を上げて冬美の腹に射精をすると、堂山がゴロリと横に寝転がる。

午前一時。冬美のアパートで二人は初めて結ばれた。いや……結ばれたというロマンチックな表現を使うほどでもない、味気ない時間だった。

「頭の中、真っ白になったわ」

冬美は、わざと荒い息で言った。堂山のセックスの腕は、正直、十点中で二点だったが、激しく乱れた演技をした。

「そんなに気持ちよかったんか」

堂山が満足げに訊く。勝ち誇った顔が何とも滑稽である。

「こんなの初めてや。さすが、女の子をさんざん泣かしてきただけあるね」

冬美は、全裸のまま布団の上でうつぶせになり、枕元のハイライトに火をつけた。

「阿呆。俺はこう見えて一途な男やで」

「奥さんいてはるくせによう言うわ」

堂山が咥《くわ》えたハイライトに、火をつけてやった。

「ママは結婚せえへんのかいな」

「冬美って呼んで。ママは嫌や」

「商売抜きでええんか」堂山が冬美の白い尻を撫でる。「冬美は、ほんまの歳はいくつやねん」

「うち人妻やで。まだ二十五歳。あのスナックも旦那が金を出してくれてんよ」

「えっ？」堂山の顔が一気に青ざめる。「だ、旦那？　どこにおるねん？」

「刑務所や。飲酒運転を注意されたお巡りさんを半殺しにしてぶちこまれてん」

「ちょっ……旦那は堅気やないんか？」

堂山のタバコから、ポロリと灰が落ちる。

「しょうもないチンピラや。怒らせたら猪みたいに手がつけられへん」

「当然、このことは内緒やんな……」

「うちは口が堅いけど、あの子がどう思うかやね」

冬美は、布団から三十センチも離れていない押し入れを指した。

「……あの子って？」

「まだ、子供やからねえ」

「わ、我が子を押し入れに閉じ込めてんのかいな」

「人聞きの悪いこと言わんとって。正美は暗くて狭いとこが好きやねん。うちと一緒に寝るのが嫌らしいわ」

「正美って女の子かいな？」

堂山が、唖然として口を開けた。

「五歳の男の子や。ほんまは女の子が欲しかったからガッカリや。いっこも喋らへん、変な子やし」

「それでも母親かいな」

「あんたに言われたないわ。旦那にチクられたいんか？　来年の春には出てくるんやで」

「か、勘弁してくれや。誘ってきたのはそっちやないか」

堂山が声を荒らげるが、まったく威圧感はない。今年に入ってから、罠に嵌めたのは五人目だ。さすがに慣れてきた。

「穏便に済ませたかったらお店に融資してよ」

「そんな金がどこにあるねん」

「偉いさんなんやろ？　会社の金をちょろまかすなりなんなりしいや」冬美は、ドスを効かせて、鼻から煙を吐き出す。「どっちにしろ、破滅やねん。腹を括らんかい」

押し入れのふすまが、わずかに開いた。正美の死んだ魚のような目が覗く。

……ほんま気持ち悪い子やで。

冬美は舌打ちをして、タバコを灰皿で押し潰した。

一九八四年　五月　兵庫

「あんた！　何してんの！」

冬美は、浴室のドアを開けるなり叫び声を上げた。

正美が虚ろな目で、大きなバスタブに身を沈めている。湯は真っ赤に染まり、キッチンの引き出しにあるはずの果物ナイフが、洗面器の横に転がっていた。

手首を……自殺？

日頃から、正美ならばやりかねないと思ってはいたが、実際、目の当たりにするとパニックになってしまう。

糞ガキ！　こんなときに限って！

何よりも先に怒りを覚えた。今夜は大切な夕食会があるのに、これで中止せざるをえない。

……このまま放置していたらどうなるのだろうか？

ふと、よからぬ考えが頭を過《よぎ》る。正美の意識はない。さっきの冬美の大声にもピクリとも反応しなかった。

発見が遅れたことにすれば、冬美の人生における厄介者がようやく排除できる。

冬美は、忍び足でバスルームを出た。息を止めて、ドアを閉める。全身に汗をびっしょりと掻き、喉がカラカラだ。

まだ、間に合うかもしれない。今すぐに救急車を呼べば、正美が助かる可能性はある。

これが、正美の運命や。

耳元で、悪魔の囁きが聞こえた。なぜか、その声は七年前に別れた最初の夫の声に似ていた。彼とはまったく連絡を取っておらず、現在は何をしているか知らない。できるなら野垂れ死んでいて欲しい。

二人目の夫に出会って、冬美の人生は激変した。

二人目の夫の志賀《しが》は、冬美が二十八歳のときに働いていた北新地《きたしんち》のクラブの常連客だった。当時ですでに六十歳を超えていて、まるで骸骨《がいこつ》のように痩せ細っていた。

冬美は、クラブの中では決して人気があるほうではなかったが、なぜか、志賀に気に入られた。

「あんたのギラギラしたところが好きや。それをうまく隠して生き抜いてるところもええ。

顔と体だけの女よりもよっぽど人間らしいわ」

志賀が、兵庫の不動産王と呼ばれる大富豪だと知ったのは、男と女の関係になったあとだった。志賀の家は、高級な屋敷が立ち並ぶ芦屋にあり、ほどなくして、冬美と正美を呼び寄せた。

ありえないシンデレラストーリーに、何度も夢を見ているのではないかと疑った。カビ臭く、天井裏からネズミの足音が聞こえるボロアパートから引っ越し、金の心配をしなくてもよくなったのだ。

正美が志賀に可愛がられたのは、意外だった。今年で十五歳になる正美は根暗で無愛想で、学校でどんな態度で授業を受けているかなんて知らないし興味もないが、友達は一人もいない。志賀には、別れた妻との間に四人の子供がいるが、すべて女だった。だから、新しい息子ができて嬉しがっていると思っていた。

しかし、志賀が正美を可愛がるのには、他に理由があったのだ――。

「どこ……行くねん」

か細い声に、冬美がギクリと体を強張らせた。

いつのまにか、バスルームから出てきた正美が全裸のまま立っていた。左の手首の傷から血が溢れ出し、右手には果物ナイフを持っている。

「あんた……」

冬美は言葉に詰まった。

正美が泣いている。息子の涙を見たのは、いつ以来か思い出せない。

「に……逃げたな……」

「逃げてへん。救急車を呼ぶところやんか」

「嘘つけ……男のところへ行くんやろ」

「行かへんわ！　誰よ、男って！」

冬美は、ついヒステリックに叫んでしまった。心臓がバクバクと鳴る。誰にもバレていないはずだ。

「弁護士の……脇坂《わきさか》やな。あいつとできてるんやろ」

「なんで、あんなおっさんとやらなあかんねん。いい加減にしいや」

「遺言状を書き直させるためや」

「はあ？　何言ってんのあんた」

「お義父さんはもう長くない。入院してから病気もどんどん悪化してる。でも、今の遺言状やったら、オカンには大した金は入ってこうへん」

どうして、正美がそこまで知っている？

目の奥がチカチカして膝に力が入らない。呼吸が浅くなり、息苦しくなってきた。

正美はゆっくりと近づいてくると、冬美の顔に果物ナイフの刃先を向けて、話を続けた。

「だから、オカンは弁護士の脇坂とねんごろになったんやろ。昔からの得意技やもんな」

「やかましい。文句あんの？　すべてはあんたのためやんか」

冬美は、一人息子の正美を女手一つで育ててきた。正美の食費のために、家賃のために、学費のために文字どおり体を張って稼いだ。

「何で、僕のことを愛してへんのに育ててきた？」

正美が静かな声で訊いた。目が真っ赤になっている。

「わからん。嫌で嫌でしょうがなかったけど義務みたいに思ってたんや」

冬美は正直に答えた。顔の前のナイフよりも、普段、何もしゃべらない息子が語りかけてくるのが怖い。

「何で、この家に来てから、僕のことを助けてくれんかった？　ほとんど毎晩、お義父さんが僕にしてたこと知ってたんやろ？」

冬美は返事ができなかった。二人目の夫の歪んだ性癖に、途中から気づいてはいたが、裕福な生活を守るためにと、息子を生け贄として差し出し続けてきた。

「今さら、謝らんでもええからな」正美の涙が止まった。「代わりにオカンに要求があるねん」

「……要求？」

「お義父さんが死んだら、僕と遺産を半分ずつにしてや」

正美の低い声が、リビングに響き渡る。

「な、何の冗談よ」

「本気や」

「もし断ったら？」

「弁護士の脇坂との関係を今すぐバラすで」

「あんた、母親を脅す気かいな？」

「僕は生まれ変わってん。今までの僕と違う」正美が果物ナイフを下ろす。「死のうと思ったけど死に切れんかった。これからも地獄が続くんやったら、別の人間になって生きてやる」

「何やの……」

冬美は、早くこの場から逃げたいと思った。住み慣れたはずのリビングが異様に居心地悪い。得体の知れないものに飲み込まれそうな錯覚に陥る。

「弁護士の脇坂は、オカンの企みには応じへんで。オカンが遊ばれただけや。でも、僕やったら、直接お義父さんを説得して、遺言状を書き直させることができる」

「はあ？　あの人があんたの言うことなんて聞くわけないやろ」

「大丈夫。お義父さんは僕の言いなりやから」正美が、血の気の失せた青白い顔でニタリと笑った。「僕には特別な力があるみたいやねん」

それは、正美が生まれてから初めて見せる表情だった。

第五章　晴夏の過去

一九九四年　八月　静岡

午前零時を過ぎ、晴夏は七歳になった。ママと新しいお父さんが熟睡しているのを確認して、布団から這い出た。

二階の窓からベランダに出て、水道管を伝って屋根へと登る。

南の空にひときわ赤い星が輝いている。サソリ座の心臓のアンタレスだ。アンタレスの斜め下に二等星や三等星がS字を描いて繋《つな》がり、サソリの胴体と尻尾を作っている。

ここは晴夏にとって大切な場所だ。誰にも邪魔されずに一人になれる。

ママのお腹がかなり大きくなってきた。あと何ヶ月かで、晴夏に弟ができる。

変な気分だ。二年前にパパが病気で他界してから、こんな日が来るとは思っていなかった。

晴夏は、パパが大好きだった。近所の自然公園で一緒にアスレチックで遊んだことを、昨日のように覚えている。肩車されたときのパパの髪の毛の感触、匂い、大きな笑い声。全部、好きだった。今でも目を閉じれば、そこにパパがいる。

「ハル、元気かい？」

今夜もパパが話しかけてくれる。

「全然、元気じゃない」

「どうして？」

「だって……」

「また、新しいお父さんにいじめられたのかい？」

「……うん」

鼻の奥がツンと痛くなり、泣きそうになる。でも、パパには悲しい顔を見せたくない。

「今日は何をされたの？　言ってごらん」

「ママの見ている前で頭を叩かれて、つねられた」

「そうか……」パパが辛そうな声で言った。「ママは止めてくれなかったのか」

「うん。新しいお父さんと一緒に笑ってた」

「ごめんよ。パパがいなくなったせいだ」

「違うよ。パパは悪くないもん」

泣かないと決めていたのに、ポロポロと涙がこぼれてきた。夏の夜空の星が滲んで見えなくなる。

「ママも悪くないさ。ママを責めちゃダメだよ」

「ママはどうして、あんな人と結婚したの？」

「寂しかったからだよ。誰だって孤独には耐えられないからね」

「ハルがいたのに、ママは寂しかったの？」

「ママは甘えん坊だからね。支えてくれる人が必要だったんだ」

「ハルが甘えてばかりだったからいけなかったのね」

「違う。ハルは悪くない。誰も悪くない。ハルも大人になればわかる。人はどれだけ強がっても一人じゃ生きていけないんだ。誰かに愛されて、必要とされて、またその人を愛して、尽くしたいのさ」

むずかしいよ……。

でも、パパの言葉を信じることにする。今の晴夏にはパパしか信じる相手がいないのだ。

「どうすれば、みんなと仲良くなれるかな？」

晴夏は手の甲で涙を拭い、アンタレスを見上げてパパの声を待った。

「みんなって？」

「家族。ママと新しいお父さんと今度生まれてくる弟と」

「普通にしていれば大丈夫だよ」

「ううん。弟ができたら、新しいお父さんはもっと意地悪になると思う」

新しいお父さんが晴夏をいじめるようになったのは、ママの妊娠がわかってからだった。それまでは、いい父親になろうと頑張ってくれていたのだが。

「そのときは我慢するしかない」冷たい声でパパが言った。「ハルはまだ小さいから、反撃はできない」

「反撃って何？」

「いじめてきた相手をやっつけることだ」

「ハルが大きくなったらできるようになるの？　どうやって？」

「自分のやりかたで戦うのさ。だけど、焦っちゃダメだ。パパと公園で鬼ごっこしたのを覚えているかい？」

「うん。パパが本気を出したら勝てなかった」

「そうだ。子供は大人には絶対に勝てない。だから待つしかない」

「いつまで？」

「パパにもわからない。ハルが自分で判断するしかない」

「ええっ……」

どんどん不安になってきて、オシッコが漏れそうになる。

「ごめんな、ハル。パパが助けることはできないんだよ」

「ハルが一人で戦うの？」

「そうだ」

パパがさらに冷たく言った。わざとそんな言い方をしているってことがわかるけど、やっぱり辛い。

「嫌だ。無理だ」

「勇気を出すんだ、ハル」

「パパ……」

「ハルならできる。パパは信じてる」

「うん。わかった。頑張る」

これ以上、パパを心配させたくなくて嘘をついた。本当は、頑張り方なんてわからない。

「ありがとう、ハル。君はいい子だ」

それから、パパと色んな思い出話をした。すごく楽しくて、少しの間、嫌な出来事を忘れることができた。

だけど、その夜がパパと話ができた最後だった。

二〇〇四年　八月　東京

お祭りでもあるの？

晴夏は、渋谷のスクランブル交差点の人の多さにクラクラした。あまりの人口密度に、暑さが倍増している。夏休みだということもあるだろうが、地元の駅前と比べると異常な光景だ。晴夏と同じ年頃の若者が、次から次へと湧いて出てくる。みんな、晴夏よりもオシャレで、眩しく見えた。

「おつかれ！」

いきなり、背後から肩を叩かれた。びっくりして振り返ると、サングラスをかけた色黒の長髪の男が至近距離に立っていた。白いタンクトップと短パンで、金色のネックレスがかなりチャラい。

どう返事していいかわからず、笑顔が固まってしまう。

「そのボストンバッグ可愛いね」

「あ、ありがとうございます」

「もしかして、家出？」

「いえ……」

図星だった。今朝、家族が寝ている隙に家を脱出したのだ。

「ジョークだよ。どこから来たの？」

「……静岡です」

長髪の男の早口のペースに巻き込まれて、つい返事をする。

「静岡ってあれでしょ？　蛇口からお茶が出るんでしょ？」

「出ないですよ」

そこまで面白くなかったけど、笑ってしまった。

「だって、キャバクラでは、みんな焼酎のお茶割りでしょ？」

「そんなところ行ったことないからわかりません」

「嘘だ。働いてるくせに」

「キャバ嬢じゃないです」

Tシャツとジーンズにスニーカーのこの格好を見て、なぜそう思うのだろうか。

「本当に？　いくつなの？」

「……二十歳です」

未成年では何かとマズいと思って、嘘をついた。

「見えないね。大人っぽく見えるよ」

「いくつに見えます？」

「二十五！」

「やめてくださいよ」

　また、笑ってしまう。

「ごめん、ごめん。立ち話もなんだからさ、お茶しない？　いいカフェがあるからさ」

「えっ？」

　ナンパだとようやく気がついた。生まれて初めて、男に声をかけられた。

「誰かと待ち合わせ？」

「違いますけど……」

「じゃあ、いいじゃん。超暑いし、冷たいものでも飲もうよ」

「用事があるからいいです」

「絶対、ないね。俺、エスパーだからわかるもん」

「ごめんなさい」

　立ち去りたいが、信号がまだ変わらないので動けない。

「だって、こんなに可愛い子とお茶できなかったら一生後悔するもん、俺。もう会えないなんて寂しいなあ」

「いやいやいや」

「三十分でいいから、お願い。オッケーしてくれなかったら、ここで土下座しちゃうよ」

「じゃあ、三十分だけなら……」

周りの目が気になるし、面倒臭いのでオッケーした。

長髪の男とファッションビルの地下にあるカフェに移動した。お世辞にもオシャレとはいえない、普通の喫茶店だった。

「名前、教えてよ」

長髪の男が、綿よりも軽いノリで訊いてきた。

「……ハルカです」

違う名前で答えようとしたが、咄嗟《とっさ》に思いつかなかったので本名で返した。

「いい名前じゃん。どんな漢字？」

「天気の晴れるに、夏です」

「いいじゃん。最高じゃん」

長髪の男が笑顔でアイスコーヒーをズルズルと飲む。しかし、目は笑っていない。

「最高じゃないです。さっき言ったように家出少女ですから」

嘘をつくのが面倒になってきた。どうせ、この喫茶店でさよならすれば二度と会うことはない。

「マジ？　そうじゃないかとは思ったけど……てか、これからどうするの？　行くとこあるの？」

「ないです」

「あらま。ヤバいじゃん」

「はい……」

言われなくてもわかっている。だけど、あの家に居続けるのは限界だった。

「まあ、本当にヤバくなったら実家に帰ればいいけどね」

「帰りません」

それは、絶対だ。何があっても両親の顔は一生見たくない。

「何があったの？　相談に乗ってやるから話してみ？」

「結構です」

「いいじゃん。俺とは二度と会うことがないんだからさ」

「そうですけど……。重いですよ」

「オッケー、オッケー。ドンと来い」

「二日前、父親に殺されそうになりました。本気で首をしめられたんです」

「へ？　マジ？　何で、また……」

　男はアイスコーヒーを飲むのをやめて、あんぐりと口を開けた。

「いつものことなんです。十三歳の頃から、父親はお酒に酔っ払ったら私に手を出すんです。血の繋がった父親じゃないんですけどね」

「へ、へビーだね。お義父さんに嫌われてるんだ。なんで？」

「十三の頃、夜中に、酔ったアイツが私の部屋に入ってきたんです」

「おいおい……」

「アイツが布団の中に勝手に入ってきて、上に乗っかってきたからメチャクチャ抵抗してママに泣いて告げ口したんです。でも……」

「ママは味方になってくれなかったのか」

　長髪の男が、目を伏せる。

「それから、アイツは私を目の敵にして、ママとか弟たちの前で、平気で殴ってくるようになったんです。弟たちも父親の真似をして、いきなり背中に蹴りを入れたり、髪の毛を引っ張ったり、エンピツで刺したりしてきました」

「マジかよ……」

「これでも実家に帰れと言いますか」

もう絶対に戻らないと心に誓って家を出た。あのままでは、晴夏が家族を殺してしまう。何度、深夜包丁を持って奴らの枕元に立ったことだろう。

「軽々しく言ってごめんな。頑張れとしか言えねえわ」長髪の男が財布を取り出し、五千円札を晴夏に渡した。「俺、貧乏だからこれぐらいしかできないけど……負けんなよ」

「あ、ありがとうございます」

晴夏はくしゃくしゃの五千円札を握りしめて、去っていく長髪の男に頭を下げた。

第六章　水族館の惨劇

11

「ハルちゃん、綺麗だよ」

白いタキシード姿の信次が、笑顔で近づいてくる。沖縄の《美ら海水族館》の巨大な水槽の前には、三人しかいない。

晴夏と信次、そして牧師の格好をした深作正美だ。

「シンちゃんも、えらい男前やで」

深作が見え見えのお世辞を言う。

「ありがとうございます」信次が、律儀に頭を下げる。「本当に感謝しています。このご恩は一生忘れません」

完全に心酔している。最初は深作のことを怪しんでいたのに、いつのまにか取り込まれているじゃないか。大阪で挨拶をした数週間後、深作がふらりと信次の前に現れたのだ。そのときは、「思っていたよりも、いい人だったよ」と言っていたが、まさか、こんなことになるとは思わなかった。

「ハルちゃんもべっぴんやろ」

深作が、ウェディングドレスの晴夏の肩に手を置く。ゾクリと全身に悪寒が走り、身を捩《よじ》ってその手を振り払った。

「俺は世界で一番幸せ者です」

信次は深々とお辞儀をした。晴夏が、恐怖のどん底にいることにまったく気づいていない。しかし、洗脳されている彼を責めるわけにはいかない。

「さあ、さっそく愛の誓いをかわそうか。式場で親族が待ってはるで」

「はい。よろしくお願いします」

信次が、水槽の前で晴夏と横並びになる。

「晴夏さん」深作が仰々《ぎょうぎょう》しく聖書を開いて読み上げた。「あなたはこの男性を健康なときも病のときも富めるときも貧しいときも良いときも悪いときも愛し合い敬いなぐさめ助けて変わることなく愛することを誓いますか」

「ち……」

そこから言葉が出ない。顔の前の酸素がなくなったみたいだ。息が吸えなくなる。

信次が不安げな顔で晴夏を見つめる。

「晴夏さん？」深作が、鋭い視線を向けた。「誓いますか？」

晴夏は、大きく息を吸って深作を睨み返してしっかりと答えた。

「誓いません」

「えっ……ハルちゃん？」

信次の顔色がみるみるうちに青ざめる。

「私の選択はこうよ」

晴夏は、左手に隠し持っていた小型のスプレーを取り出した。昨夜、白鳥から「水族館で信次くんを連れて逃げてください。あとはこちらが何とかしますから」と言われて渡されたものだ。

今すぐにシンちゃんを連れてホテルから逃げたらダメなんですか？　夜の砂浜で晴夏は訊いたが、「それじゃあ、解決にならないですよ。信次くんの洗脳と、晴夏さんの家族の洗脳を解くことが先決です」と返された。

「なんや、それ？」

深作がキョトンとして、晴夏の手を見る。

「護身用のスプレーよ」

晴夏は鼻と口を押さえて目を閉じ、スプレーを噴射させた。

「ぎゃっ」

深作が短い悲鳴を上げた。

「シンちゃん、逃げて！」

すぐさま晴夏は、信次の手を取り、走り出そうとした。しかし、信次は抵抗して、動いてくれない。

「ハルちゃん！　深作さんに何やってんだよ！」

「いいから！　早く！」

「け、結婚式はどうすんだよ」

「お願い！　逃げて欲しいの！」

晴夏は信次の手を強く握り、懇願した。

「逃げるって……」

信次はひどく戸惑っていて、目を押さえてうずくまる深作と手を引く晴夏を、何度も見比べている。

「舐めとんか……こらっ」

深作が、真っ赤になった目でヨロヨロと立ち上がった。

「シンちゃん！　私を信じて！」

説明している時間はないし、洗脳が解けていない信次を説得できる自信もない。

「信次くん、愛の誓いはまだ終わってへんで」

深作が大股でズンズンと迫ってくる。

捕まったら終わりだ。深作を完全に怒らせた。当たり前だ。白鳥の指示どおりなのだが、果たしてこれで本当によかったのか。

「急げ」

耳元でぼそりと男の声がして、物凄い力で腕を引っ張られた。信次も晴夏につられて引きずられる。

広い背中が、晴夏の前に立ち塞がった。

白鳥ではなかった。顔ははっきりと見えないが、白髪の初老の男だ。

「信次くん。ここは愛する晴夏さんに従ってくれ」

「は、はい」

我に返った信次が頷く。

「あ、あの……誰ですか？」

晴夏は、思わず白髪の男に訊いた。男が軽く右手を上げて答える。

「安心しろ。私は君たちを守るために雇われた味方だ」

12

「八王子！　なんで警察に連絡しないのよ！」

真横を走るマッキーが、鬼の形相で肩を小突いてきた。ヒールを履いているくせにやたらと足が速い。学生時代は野球部だったというのは実話のようだ。

「だって、深作の言ってることが本当ならどうするんですか？」

「本当だったら、なおさら警察の出番じゃない。餅は餅屋、二丁目にはゲイよ」

「マッキーさん、ふざけてる場合じゃないんですよ」

八王子は足を止めて、マッキーを睨みつけた。

「イヤだ。アタシは至って真剣なんだけど。言葉遣いがおかしくなるのは職業病なんだから許してよん」

「僕は、深作の言ったことはすべて事実だと思います」

「まあ……嘘にしては、あまりにも突拍子もないもんね」マッキーが素直に頷いた。「でも、素人のアタシたちに何ができるって言うのよ」

「わかりません。どうして、深作が僕を選んだのか……」

　三時間前の午前五時、八王子の部屋にやってきた深作は、《ホテルポセイドン》のカードキーをかざして言った。

「このカードキーの部屋に、ある家族を監禁している」

「は、はい？」

　カードキーに部屋の番号は記入されていない。三百近い部屋のどこかはわからなかった。

「監禁って何よ？」マッキーも、ドアの側までやってきた。「もしかして、おたくが噂の深海魚さん？」

「わしのことかいな。たしかに魚みたいな顔しとるけどな」深作が嗤い、部屋に入ってくる。

「お邪魔するで」

「ちょっと！　勝手に入ってこないでよ。大きな声出すわよ」

「わしは出して貰っても一向にかまへんで」

「アタシの声量を舐めないでくれる？　店のカラオケで毎晩喉を鍛えてるんだから。新宿二丁目のマライアって呼ばれてんだから」

「それはええな。店の場所教えてや。わしとチャゲアスをデュエットしてくれ」

「なんでチャゲアス！　それ、男と男じゃないの！」

「どう見てもおっさんやがな」

「初対面で失礼な男ね……」

マッキーが拳を握りしめて、わなわなと全身を震わせた。こめかみに浮かぶ血管が今にも切れそうだ。

「マッキーさん、落ち着いてください」

早くも深作が、場の空気を支配していた。

「大事なことやさかい、もう一度言うで」深作が、カードキーを二人に見せる。「ある家族がこの部屋で監禁されとる」

「どの家族よ？」

マッキーが嚙みつくように訊いた。

「それは、あとのお楽しみや」

深作がニタリと笑った。昨日の昼、プールサイドで見せた不気味な笑みだ。

「なんのために監禁しているんですか」

今度は、八王子が訊ねる。喉の奥がヒリついて、まともに声が出ない。

そして、なぜ、そのことを八王子に告げたのかも理解できない。

「理由はシンプルや。目的のための手段。人質っちゅうやっちゃな」

八王子とマッキーが同時に唾を飲み込んだ。

……人質？

そんな映画みたいな話が……いや、昨夜の居酒屋の出来事を思い出せ。男たちが一斉に全裸になって金を集めたではないか。

目の前にいる男は、通常の人間とは違う。怪物なのだ。

「八王子くんに仕事を与えるわ」深作が厳かに言った。「監禁されている家族を君が守ってくれ」

「守る？」

「監禁の邪魔をする奴が現れそうやから、阻止して欲しいねん」

「何で僕がそんなことを……」

「このホテルをあげるって言うたやろ。ちゃんと仕事をしてくれたら、君は大金持ちや。部屋の番号は午前八時に教えるから、それまでゆっくり休んでくれ」

「八王子、耳を貸したらダメよ」マッキーが、八王子の腕を摑む。「こいつの言葉は悪魔の囁きよ」

八王子は、マッキーの腕にそっと手を添えて呟くように言った。

「もし……僕が警察に連絡したら？」

「監禁されている家族が、ホテルのベランダから次々と飛び降りる。君のせいでな」

深作が、ネットリとしたウインクをした。

13

「お前は……誰や？」

《美ら海水族館》の巨大水槽の前で、真っ赤な目をした男が、怒りを押し殺して祇晶に言った。

深作正美。この男が、関西で魔王と恐れられた男……。

想像していたよりも小柄の肥満体で、動きも鈍そうだ。もっとも、身体能力は関係ない。危険なのは、奴の特殊な能力だ。過去にいろんな相手から依頼人を守ってきたが、こんなケースは初めてである。

なぜ、あの二人が深作に狙われたのか、五十嵐桜からの説明はなかった。つまり、彼女もそれを探っているのだ。

まあいい。今は自分の仕事に集中しよう。

「自己紹介は必要ないだろう」祇晶は、深作との距離を保ちながら言った。「何を企んでいるか知らんが、やめておけ」

「だから誰やねん」深作が目を細めて首を傾げる。「……あん？　ジジイか」

視界がまだクリアではないようだ。拘束するなら今だ。急がないと水族館の開館時間は迫っている。

「私に同行してもらおうか」

「勘弁せえや。ジジイとデートする趣味はないで」

「抵抗しないほうがいい」祇晶は軽く下腹に力を込めた。「君は洗脳で人を操るようだが、私は力で人を従わせる」

「何の力やねん」

深作が鼻で嗤い、床に唾を吐き捨てる。

「シンプルな暴力だ」

「は？　年寄りの冷や水やで」

「私に同行しろ」

「やれるもんならやってみい」

巨大水槽の隣にあるカフェから物音がした。二つの人影が歩いてくる。

水色のカフェの制服を着た中年女性だ。二人ともキッチンナイフを持っている。カフェで使われているものであろう。

これが洗脳か……。

二人のカフェ店員はどう見ても一般女性だ。深作を守るように並んで壁を作った。

「二人ともやめなさい」

試しに話しかけてみたが、まったく反応がない。魂が抜け落ちた顔で祇晶を見ている。巨大水槽の青い光に照らされたその顔は、まるで昔のSF映画に出てくるアンドロイドのようである。

「ほな、ごゆっくり」

深作が手をひらひらと振って、カフェの横の坂を上っていく。逃がすわけにはいかない。

だが、カフェの店員がキッチンナイフを振りかざし、小走りで向かってきた。

……やれやれ。久しぶりの仕事だ。

カフェ店員の一人は、ネズミに似た顔で身長百六十センチ前半。標準よりも痩せ型。キッチンナイフを持つ姿勢と足の運びから見て、格闘技やスポーツの経験はないはずだ。もう一人はパグに似た顔で、身長は百五十センチ前半。脂肪がついてふくよかな体型だが、ステップが軽い。おそらく球技経験者だ。

カフェ店員たちが、二手に分かれた。左手にネズミ顔、右手にパグ顔。しかし、統制の取れた動きではない。二手に分かれたのは、あくまでも偶然だろう。

祇晶は二人を充分に引きつけてから前転した。水族館の床が硬く、肩と背中が痛い。今朝、ストレッチしていなかったら、体のどこかを痛めたかもしれない。歳はとりたくないものだ。意表を突かれたカフェ店員たちが、急ブレーキをかける。二人は、祇晶がいきなり消えたかのように感じたはずだ。素人は、上下の動きに目が追いつかないものである。

バランスを崩したネズミ顔が、足をもつれさせて転倒した。手からキッチンナイフがすっ飛んでいく。

パッと見て、大きな怪我はしていない。

祇晶は胸をなで下ろし、立ち上がった。単なる悪漢であれば少々痛い目に遭わせて戦意を制圧するのだが、一般人の、しかも女性に対して、そうはいかない。

それが深作の狙いなのだろうが、随分と骨の折れる仕事を引き受けてしまったものだ。

パグ顔が踵《きびす》を返し、キッチンナイフを構えて突っ込んでくる。素人だけに刃先の動きが予測できない。ただ、闘争本能だけが剝き出しになっている。

一体、どういう方法でここまで洗脳したのだ？

「きいっ」

パグ顔が甲高い裏声とともに、キッチンナイフを斜め下から突き上げる。同時に、祇晶は三十センチほどバックステップを踏んだ。

防御には最小限の動きを心がけろ。祇晶の仕事の鉄則だ。無駄な動きは、攻撃に転じるのに時間がかかる。相手が凶器を持っているのならなおさらだ。

顔面の数センチ横を刃先が走った。大振りな分、空振りのあと、必ずバランスを崩す。案の定、パグ顔がよろめいた。すかさず、祇晶は前蹴りで腰を押した。転倒させるのが目的だ。強烈な打撃を与える必要はない。

パグ顔が前のめりになり、かなりの勢いでカフェのテーブルに頭から突っ込んだ。キッチンナイフは握ったままだ。

床に転倒していたネズミ顔が起き上がり、また向かってきた。キッチンナイフは手放したまま、持っていない。

「あああ！」

ネズミ顔が、絶叫しながら祇晶に摑みかかる。口を開け、喉元に嚙みつこうと顔を近づけてきた。

ゾンビに襲われるってのは、こんな気分なのだろうか。

「少し眠ってくれ」

祇晶は、ネズミ顔の勢いを利用して、そのまま彼女の体を腰に乗せた。柔道の払腰だ。しかし、一般人の彼女は受け身を取れない。打ちどころが悪ければ、必要以上のダメージを与えてしまう。

「よしっ」

ネズミ顔が後頭部を打たないように細心の注意を払い、六割の力で投げ、床に叩きつける寸前で軽く引いた。それでも、背中を打ち、ネズミ顔が呻き声を上げる。

次にカフェのテーブルの下で頭を押さえてうずくまっているパグ顔に近づき、右手の手首を摑み、キッチンナイフを奪った。パグ顔は意識を失ってはいないが、朦朧としている。すぐに立ち上がることはないだろう。

「すまんな。仕事なんだ」

祇晶は唇を嚙み締め、床で倒れているカフェ店員たちに頭を下げた。

14

「ハルちゃん！　何がどうなってるんだ！」

怒鳴り声を上げる信次を無視して、晴夏は走り続けた。しかし、ウェディングドレスでは全力疾走ができない。

「説明しろって！」

信次に強く手を引かれて、クラゲのコーナーで立ち止まってしまった。両サイドの壁の水槽に、奇妙な形をしたクラゲたちがぷかぷかと浮いている。

「水族館を出たら説明するから、今は逃げて」

「逃げるって何から？　深作さんにあんなことして……あんないい人が何をしたって言うんだ？」

「わかって。アイツはいい人なんかじゃないの。犯罪者なのよ」

「深作さんが？」信次が眉間に皺を寄せる。「……どんな犯罪をしたんだよ」

「それも水族館を出てから説明するから！　急いで！」

「ダメだ。今ここで話してくれなきゃ一歩も動かない」

「でも……」

すでに洗脳されている信次にどう説明すればいいのか。

洗脳されている人間は、自分が洗脳されているとは夢にも思っていない……。

白鳥の言葉が重い。当の本人は、晴夏の家族の洗脳を外すために《ホテルポセイドン》に残ってくれている。

私一人で逃げきれるの？

急に心細くなってきた。信次との思い出の水族館で、なぜこんな悲惨な目に遭わなくてはならないのだろうか。

「深作さんのところに戻るぞ」

信次が、今来た道を引き返そうとした。

「待って！」

晴夏が止めようと慌てて腕を掴んだが、乱暴に振り払われる。

「ハルちゃん、俺と結婚したくないのか？」

悲しげな信次の表情に、胸が締め付けられる。どうして、結婚式の日に、愛する人のこんな顔を見なくてはならないのか。

同時に、深作への怒りで、全身の血が沸騰するほど熱くなるのがわかる。

許さない……アイツだけは絶対に許さない。アイツが突きつけた選択は、悪夢そのものだった。

三ヶ月前。十二年ぶりに家族と再会したあの日。深作と初めて会った日。

あれが、悪夢の始まりだった。

「ハルちゃん、本当に帰るのか？」

大阪の桜川にある実家のマンションの下で、信次に止められた。

「帰る。一秒でも長くここに居たくない」

「さっきの人……」

信次が言葉を濁す。深作のことだ。

「他人の家に住み着いてるなんて、ありえない」

深作本人が言ってたとおり、まさにヤドカリだ。

「ハルちゃんも、今日初めて会ったんだよな？」

「そうだよ」

「こんなこと言うのもあれだけど……めちゃくちゃ怪しかったよ」

「ママもおかしかった。昔からまともじゃなかったけどあんなんじゃなかった」

「警察に通報する？」

「何て？　あの男を好き好んで住まわせてるのよ。被害が出てないんだから、警察が動くわけないでしょ」

「そうだけど……」

信次が眉の上を指で掻いた。困惑したときの癖だ。

「帰ろう。気持ちが悪くなってきた」

　昼に食べたものを全部吐きそうだ。いっそのこと、リビングのママの前でゲロをぶちまけてやればよかった。

「なんば駅に行こう」

「えっ？　どうして？」

「ハルちゃんのお義父さんと弟たちがいるって……」

　深作は、「三人で並んで正座して声出しをしとるわ」と言っていた。「あいつら、道行く人の幸せを願って祈るんや」と。

　それこそ、ありえない。だが、ママは、「お父さんたち、毎日、行ってるのよ」と嬉しそうに笑っていた。

「嫌だ」

「行こうよ。あの男が言ってたことが事実なのか確かめなきゃ」

「死んでも嫌」

　お義父さんと弟たちのことは今でも憎んでいるが、そんな姿は見たくない。

「逃げちゃダメだ。ハルちゃん」

　信次が晴夏の両肩を摑んだ。

「逃げるって何よ」

「明らかに家族の危機じゃないか」

「知らないわよ。勝手にすればいいじゃない」

「ハルちゃん」

信次が激しく首を横に振り、真剣な目で晴夏の目を覗き込んだ。

「離してよ」

本当は離して欲しくなかった。ふわふわと飛んでいきそうなこの体をしっかりと抱きしめて欲しかった。

「乗るよ」

信次が晴夏の肩から手を離した途端、千日前通を走ってきたタクシーに手を上げた。

そして、晴夏は、無理やりタクシーに押し込まれた。

「行かないってば！」

「運転手さん、なんば駅までお願いします」

「シンちゃん！」

「なるべく急いでください」

信次は、晴夏を無視して運転手に告げた。

運転手は怪訝そうにしながらも、タクシーを発車させる。

降りたいと言いたくても、信次の横顔が怖くて言えない。本気で晴夏の家族を助けたいのだと伝わってきて、辛かった。

「シンちゃん、あのね……」

「何？」

信次が、前を真っ直ぐに見ながら訊いた。

「私、十三歳の頃にお義父さんに犯されそうになったの」

「えっ？」

まさに絶句したという顔で、信次が顔を向ける。

「夜中に私の部屋に入ってきて、口を押さえられてパジャマを脱がされた」

「嘘だろ」

信次の顔がみるみる青ざめ、唇を震わせた。タクシーの運転手に嫌な過去を聞かれたくはなかったが、もうどうでもいい。

「お義父さんの手に嚙みついて顔を引っ搔いて、なんとか逃げ出したの」

「ハルちゃん」信次が目を潤ませて言った。「俺、何て言えばいいか……」

「何も言わないで。慰めの言葉なんていらないから」

「……ごめん」

「何で謝るの？」

「うん。うん」

信次が、悔しそうに何度も頷いた。

こういう反応を見ると、すっと心が醒《さ》めてしまう。可哀想だと憐れみを受けるほうが傷ついてしまう。

「ママは私の味方にはなってくれなかった。むしろ、お義父さんを誘惑したあんたが悪いとまで言われたの」

信次が、目を閉じて言葉にならない呻き声を上げる。それでも、晴夏は感情を表に出さずに言葉を続けた。

「ずっとお義父さんに暴力を振るわれてきたけど、その日からママからもいじめられるようになったわ。それを見た弟たちからもね。四人から暴力を振るわれる毎日、想像できる？傷口に塩を塗るとしみることも、火傷をすると皮が剝けることも、この頃に全部知ったわ」

いじめの内容を詳しく言おうとしたが、信次が今にも泣き出しそうなので止めた。自分のくだらない過去で、愛する人を悲しませたくはない。

「俺……馬鹿だよなあ。ハルちゃんの苦しみをわかったふりして、何も知らなかったよ」

「当たり前じゃん。私が何にも話さなかったんだから」

「そうだけど……」

「今まで話さなくてごめんね」

酷《ひど》く落ち込んでいる信次を見て、愛おしくなった。たとえ、それがポーズだとしても、純粋に嬉しい。

晴夏が信次を好きになったのは、もしかしたら、育ってきた環境が違い過ぎるからなのかもしれない。わかった風に、晴夏の過去に同情されるのだけはごめんだ。

「なんば駅に行くのやめようか」

信次がおずおずと提案した。

「ううん。やっぱり行く。シンちゃんもそのほうがすっきりするでしょ？」

「俺がスッキリしても……」

「シンちゃんの気持ちが一番大事なの。私は、自分のことなんてどうでもいいから」

「そんな言い方やめろよ」

「だって、そうだもん。私は本気で、自分は幸せになっちゃいけないと思いながら生きてきたの」

信次になるべく嘘はつきたくない。でも、すべてを受け止めて欲しいとまでは思わない。

……結婚してもいいのだろうか。

ふいに不安になってきた。ふつふつと新生活が恐ろしくなる。家出をしてからこれまで、ずっと一人で生きてきたのに、愛しているとはいえ赤の他人と人生をともにするなんて想像ができない。

「わかった」

信次が腹を括《くく》った顔でうなずき、晴夏の手を優しく握った。


それは、目を疑う光景だった。

なんば駅の百貨店の前。人通りが多い歩道で、お義父さんと弟たちが背筋をピンと伸ばし、正座をしている。

「あなたの不幸をすべて私たちにぶつけてください！」

お義父さんが、喉をからしながら絶叫した。

晴夏は驚き過ぎて、気が遠くなった。お義父さんは頭が禿げ上がり、眼球がこぼれ落ちそうなほど目が窪み、全身の肌が土気色だった。十二年前とは完全に別人である。

「愚かな私たちは！　幸せになりたかったのではなく！　他人に幸せそうだと思われたかっただけでした！」長男の隼人《はやと》もガラガラ声で叫ぶ。「しかし！　そんな人生にどんな価値があるのでしょうか！」

「誰もが幸せになりたいと望んでいます！」次男の賢人《けんと》も負けじと叫んだ。「だけど、誰もその答えを知りません！」

二人ともずいぶんと逞しい大人になっている。ただ、顔つきは何かに取り憑かれたようだった。

お義父さんと弟たちはなぜかスーツ姿だった。きちんとネクタイまで締めている。それが余計に異常さを醸し出していた。

「ヤバいな……」

信次が、顔面蒼白で呟く。

「実家に戻るよ」

晴夏は、力強い声で言った。

このとき初めて、クソッタレの家族を助けなければと思った。

十五分後。桜川のマンションに戻ると、リビングには深作しかいなかった。

ソファで白湯を飲みながら、大きなテレビでモノクロの古い映画を観ていた。

「おかえり。この映画知ってるか」

「知らないわ」

最初はチャップリンかと思ったが、どうも違うようだ。

「バスター・キートンや。三大喜劇王の一人やねん。観てみ。ずっと無表情やろ。どんな激しいアクションをしても顔が変わらへんから、偉大なる無表情って呼ばれとってん。わしは、チャップリンよりも好きや」

「興味ないわ」

「昔の映画から学ぶことは多いで。変な自己啓発本を買うぐらいなら、TSUTAYAでどっさりとDVDを借りたほうがマシや」

晴夏は、深作の助言を無視して、ローテーブルに置いてあるリモコンでテレビを消した。

「私の家族に何をしたのか説明してください」

リビングには、晴夏と深作の二人しかいなかった。信次は、マンションの下で待ってくれている。「俺も行くから」と聞かなかったが、これ以上、家族の問題に関わって欲しくなかったのだ。

「別に何もしてへん。あいつらは、自分の意思で動いてるねん。わしの言うことなら、何でも聞きよるけどな」

「……洗脳したの？」

信じられないが、なんば駅のお義父さんと弟たちは、まるで催眠術でもかけられているようだった。

「それはどうやろな」

深作が白湯をすすり、意味深な笑みを浮かべる。

「何が目的なのよ」

「お前、次第や」

「は？」

「お前次第で、家族は助かる。人間を操れるわしからすれば、お前の家族をビルから飛び降りさせたり、駅のホームからダイブさせるのもお茶の子さいさいやで」

「家族に近づいたのは……私が目的だったの？」

目眩《めまい》がして、倒れそうになった。今日が初めてではない……？　この男は、かなり前から晴夏のことを知っていたのだ。

深作が、深い闇の底から覗き込むような目で言った。

「結婚式で、愛するシンちゃんを殺すんや。お前の手で天国に送ってあげるんやで」

「ハルちゃん、俺と結婚したくないのか？」

《美ら海水族館》に、信次の声が響き渡る。

晴夏は我に返り、真正面から信次を見据えた。白いタキシードがよく似合っている。クラゲコーナーの照明に照らされた信次は、出会ってから一番カッコ良かった。

「するに決まってる。ここで誓うわ。どんなときも私はシンちゃんを愛し続ける」

「じゃあ、なぜさっきは……」

「あの男の前で誓うのは、死んでも嫌だったの」

「深作さんに何か嫌なことでもされたのか？」

信次が、怯えた顔になる。

「何もされてないわ。ただ、命令されたの」

「命令？」

「シンちゃんを殺せって」

「へ？」

信次が、ポカンと口を開ける。洗脳されている彼からすれば、寝耳に水だろう。

構わない。どう思われてもいいからすべてを話す。

「私がシンちゃんを殺せなかったら、私の家族たちが死ぬ」

「死ぬって……どうやって？」

「方法はわからないけど、深作が殺すの」

「深作さんが？　まさか」

信次が笑顔を引き攣らせて肩をすくめた。

「深作は直接手をくださない。私の家族を操ってるの」

「ハルちゃん、そんなわけないだろ？　怒るよ」

信次が両手で晴夏の手を摑んだ。氷のように冷たい。目がおかしい。瞳孔《どうこう》が開いている。

神様……。

晴夏は、心の中で祈った。だが、どうにもならないことはわかっている。運命には自分で抗うしかないのだ。

15

《ホテルポセイドン》の503号室。

八王子はドアにカードキーをかざした。カチャリと乾いた音が鳴り、ロックが解除される。

「いきなり死体とご対面とか勘弁してよ」

背後に立つマッキーが声をひそめる。

「やめてくださいよ」

八王子は、ビクリとして振り返り、マッキーを睨みつける。本当に、このオカマは口数が多い。だからといって、無口のオカマは余計に嫌だが。

「ねえ、手を握ってもいい？」

「嫌ですってば」

「差別？　アタシがオカマだから？」

「違いますよ」

「じゃあ、何？　区別？」

「こんなときに意味不明なこと言わないでください」

「怖いのよ」

「僕だって怖いですよ」

さっきから痛いほど心臓が鳴っている。二人以外に、廊下には人はいなかった。

今ならまだ間に合うぞ。

ドアを閉めて逃げ出しても、誰も非難はしないだろう。八王子の仕事は面白い漫画を作り出すことであって、実生活まで刺激的にしなくてもいい。

「でも、ダメよね。困っている人がいるなら助けなきゃ」

　マッキーが、それまで握っていた八王子の袖を放し、背筋をピンと伸ばす。

　八王子は、驚いてマッキーの顔を見た。

「何よ、その顔？」

「今の台詞、らしくないなと思って」

「失礼ね」マッキーがわざとらしく鼻を鳴らす。「どうせ、アタシのことを自己中オカマだと思ってたんでしょ」

「はい」

「即答しないでよ。行くわよ。お尻の穴をギュッと締めて気合入れて」

　マッキーが率先して、503号室のドアを開けた。奥から、ボソボソと話し声が聞こえる。

「気をつけてください」

　八王子は、マッキーの背後からそう声をかけると、下腹に力を入れた。

「おはようございます」

　ドアから体を半分ほど入れて、マッキーが急に明るい声を出す。逆に警戒されそうなトーンだ。

「誰だ？　どうやって入ってきたんだ、この野郎」

しゃがれ声が訊いてくる。早くも怒っている。

「わ、私たちは、ふ、深作さんの知り合いです」

八王子は、マッキーの肩越しに、咄嗟に返事をした。

「何だと？」

やけに顔色の悪い男がズカズカと歩いてきた。頭が禿《は》げ上がり、無精髭《ぶしょうひげ》を伸ばし、目が虚ろで落ち着きがない。

「深作さんからキーを預かったんです」

八王子は、恐怖を堪えてドアを大きく開くと、カードキーを掲げ、一歩踏み出した。

「先生から？」

男が怪訝そうに八王子を見る。

「今朝早く、この部屋に来るように言われたんです」

「お前らと先生の関係は？」

「それは……」

八王子は返答に困り、目でマッキーに助けを求めた。

「あんたたちと同じよ」

マッキーは動揺を見せずに、堂々と言った。見事なハッタリだ。

この男が何者なのか、深作の真の目的が何なのかわからないのだから、これ以上の回答はないだろう。

「そうなのか……」わずかだが、男の警戒が緩む。「先生は、今どこにいる？」

「わかりません」

八王子は正直に返した。連絡の取りようもない。

「わけがわからん。娘の結婚式に呼ばれたのに、先生はこの部屋から出るなと言うし……」

「結婚式？」

「文句あるのか？」

男が濁った目を見開いた。

「いえ……」

「まあ、義理の娘だけどな」

吐き捨てるような言葉に、八王子とマッキーは顔を見合わせた。

「アタシたちもわけわかんないのよ。先生にここに来いって言われただけだし」

マッキーが神妙な顔を作って芝居を打つ。水商売をしてるからなのか、抜群に嘘が上手い。

「仕方ねえな。入れよ」

顔色の悪い男が露骨に苦々しい顔を見せ、ぶっきらぼうに言った。

「お邪魔するわ」

マッキーが遠慮せずに、大股で歩いていく。度胸があるのか無神経なのかわからない。

部屋に入ると、ソファに五十歳ぐらいの女が迷惑そうな顔で座っていた。さらに、ツインのベッドでは、二十代前半の若者二人が面倒臭そうに胡座《あぐら》をかいている。顔つきからして、どう見ても兄弟だ。

この家族を守る……どうやって？

深作の目的が何なのか見当もつかないが、部屋にいる彼ら四人が洗脳されているのはすぐにわかった。表情には覇気がまったくない。それに反して、部屋の中には異様な緊張が漂っており、胃が締め付けられる。

「これで、全員？」

マッキーが家族たちに訊いた。

「もう一人いるよ」

顔色の悪い男が、チラリとバルコニーに視線を送った。たしかに人影がある。白いサマージャケットがタバコを吸っていた。

サマージャケットの男がこちらの様子に気づき、携帯灰皿でタバコの火を消して部屋に入ってきた。

「あれ？　お客さんですか？」

　サマージャケットの男が、鷹のような鋭い目で八王子とマッキーを見た。明らかに堅気の人間ではないオーラを、身にまとっている。

「あんたは誰？」

　マッキーが臆せずに訊いた。

「初めまして。白鳥叶介と言います」

　サマージャケットの男がにこやかに挨拶をした。

16

　魔王はどこに行った？

　祇晶は肩で息をしながら、辺りを見回した。かくれんぼうをするには水族館は広過ぎる。古傷の左膝が痛くなってきた。さっきのカフェ店員との格闘で、背中も突っ張っている。

「ジジイになったたな」

　祇晶は、つい一人で笑みを零した。肉体の衰えには情けなくなったが、久しぶりの仕事に興奮している自分がいる。

仕事を憎んで引退したはずなのに、どこかでこの仕事が好きで、続けたいと望んでいたのかもしれない。

人を守る――。

祇晶は、それを極めるために、人生の大半を注いできた。情熱と努力と運の結果、〝その世界〟では、祇晶の右に出るものはいなかった。

だが、仕事に没頭するあまり、肝心の一番大切なものを守ることができなかった。

「あなた、草太が死んだわ」

受話器の向こうで、妻の彩芽が怖いほど冷静に言った。

「何を言ってるんだ？」

祇晶は、当時の内閣総理大臣の特別警護のために、ワシントンにいた。夜の九時で、まだ仕事は終わっていなかった。

「草太が死んだの」

「落ち着け」

「あなたが落ち着いて」

「な、何があった？」

「草太が車に轢《ひ》き殺されたの」

彩芽の言葉が氷の矢となり、祇晶の胸を貫いた。

「う……」

ショックのあまり声が出ない。耳鳴りがして、世界のすべてが止まったかのような錯覚を覚えた。

「ごめんなさい」

彩芽が震える声で言った。この電話をかけるために、愛する一人息子の死を夫に伝えるために、必死で感情を抑え込んでいたのだろう。

「泣くな」

祇晶は泣きながら言った。

「ごめんなさい」

「草太を轢いた奴は？」

「わからない……病院へ運ばれたわ」

「そうか……」

「お仕事に戻って」

「わかった」

しかし、全身が石になったように動かない。祇晶は受話器を持った彫刻のようになってしまった。

「早く戻って……あなたがいなければダメなんでしょ」

祇晶の口癖だ。「私がいなければ現場が混乱する」といつも言い訳をして、家族との時間を犠牲にしてきた。最後に家族揃って遊びに出かけたのはいつだったのかすら、思い出せない。

祇晶は、警視庁警備部警護課の警察官だった。通称で〝SP〟と呼ばれている。この仕事に誇りを持っていた。家族を守るために、がむしゃらに働いてきた。それなのに……。

「明日の朝イチの便で帰国する」

彩芽は返事をしなかった。沈黙で、祇晶を責めた。どんな言葉よりも、祇晶の胸をえぐり続けた。

祇晶は耐え切れなくなり、そのまま何も言わずに電話を切った。


集中するんだ。

祇晶は軽く頭を振り、自分に言い聞かせた。どうせ、過去からは逃げることはできないのだ。この仕事が終わってから、好きなだけ感傷に浸ればいい。それに、あとは自らの命を絶つだけの人生だ。

まずは、守るべき人間である小出晴夏と新郎の中屋敷信次を見つけ出すことが先決である。まだ、二人が水族館の中にいることを祈ろう。

依頼人の五十嵐桜の話では、新郎の中屋敷信次も深作に洗脳されているらしい。

「やれやれ……」

我ながら、なぜこの仕事を受けてしまったのだろう。引退した身にとっては荷が重た過ぎる。だが、五十嵐桜――自分の娘でもおかしくない年齢の小娘――にあっさりと説得されてしまった。

彼女こそ何者だ？　どうやって、私に辿り着いた？

……いや、考えるのはあとだ。

首を回し、気持ちをリセットする。ボディーガードにとって何よりも大事な心がけは、常に平常心を保つことである。

草太が死んで、祇晶は飲めなかった酒に溺れた。SPの仕事どころか、出勤もままならなくなり、自ら退職を願い出たのだが、実質はクビになったようなものだった。

それから色んな仕事を渡り歩いたが、金のために、人を守る仕事に戻った。結局は、その才能しか持ちあわせてなかったのだ。

心と生活を立て直すと、祇晶はフリーでボディーガードのチームを作った。アウトローだが才能ある人間を集めて育成し、警察が動けないような特殊なケースの警護を請け負ってきた。ようやくチームのリーダーを任せられる者が育ったので、身を引いたところだった。

引退してからようやく、妻の彩芽と向き合う時間が作れるようになった。今後は彼女と過ごす時間を優先しようと思っていた矢先、彼女の病気の深刻さを知り、心中を考えるに致った。まさにそんなタイミングでの依頼だった。人生最後の仕事だ。悔いのない仕事にしたい。

「このヒトデ、触れるんだって」

「マジ？　キモくない？」

修学旅行生の団体がゾロゾロと入ってきた。水族館の案内人もいる。いつの間にか、水族館が開館しているではないか。

この大人数の中で、小出晴夏と夫を探し出し、かつ観光客の中に紛れ込んでいる洗脳者を見分けなければならない。

「まいったな」

祇晶は、白髪頭を掻いてひとりごちた。

早く終わらせて、ホテルに一人で待っている妻の彩芽とバカンスを過ごしたい。

17

「シンちゃん！」

　晴夏の叫び声に、観光客たちが振り返る。集団の中に信次はいない。ウェディングドレス姿の晴夏を何事かとジロジロ見ている。

　どうしよう……。

　晴夏は、追い込まれた事態に目眩を覚えた。トランポリンの上を歩いているみたいに、足元がふらつく。

　信次さんから離れないでください。それが晴夏さんの役目です。

　昨夜、白鳥からそう告げられたのに、命がけで離れないつもりだったのに、約束を守れなかった。

　もしかすると、信次はすでに、深作に捕まっているのかもしれない。

　いや、捕まったという言い方は違う。信次が自らの意思で会いに行ったのだ。

　観光客が、どんどん増えていく。さすが、沖縄でも人気の観光スポットだけのことはある。

　……ところで、なぜ深作は、この場所を選んだのだろうか？

普通なら、犯罪を起こすときは人目を避けたがるはずだ。もちろん、奴が普通の人間だとは微塵も思ってはいないが。

きっと何か理由があるはずだ。

水族館で結婚式をしよう。俺たちが初めて出会った場所でやりたいんだ。あのときの信次の言葉は本心ではなかった。深作の洗脳によって言わされた言葉だったのだ。

「シンちゃん……」

もう叫ぶ気力もない。信次の子供のような笑顔を思い出し、涙が出そうになる。

「ちくしょう」

晴夏は、自分を奮い立たせるために、わざと汚い言葉を選んだ。

「ぶっ殺してやる」

殺意を抱いたのは久しぶりだ。若き日の晴夏は本気で家族の死を願っていたが、今となっては遠い昔だ。

しかし今、愛する信次にもし何かあれば、深作を殺す。たとえ、道連れになってもだ。

「ママ！　パパ！　早く！」

五歳くらいの女の子が、晴夏の前を横切った。

「おさかなさんがたくさんいるよ！」

白に黄色い花柄のワンピースを着て、ピンクのリュックサックを背負った、とても可愛らしい子だった。おそらく、初めての水族館なのだろう。

「ハルカ、待ちなさい。走っちゃダメよ」

母親と思しき女が、小走りで晴夏を追い越した。

「ママとパパがおそいのよ」

女の子が大げさに頰を膨らませる。偶然にも、少女は晴夏と同じ名前だ。

「ハルカは足が速いなあ」

父親らしき爽やかな男が、大げさに疲れた顔でやってきた。

「ハルカね！　ようちえんのうんどうかいでリレーのせんしゅにえらばれたんだよ！」女の子が得意げに小さな胸を張る。「いちばん、はやいんだよ！」

「それはどうかな」父親が体勢を低くして、素早く女の子に近づいて抱きかかえる。「捕まえた！」

「やめて！　パパ放して！」

「ダメだ。ママの言うことをきかない子はサメの餌にしてやる」

「ママ！　助けてー！」

父親は笑いながら、両手と両足を振り回す女の子を母親にパスした。母親が愛おしそうに娘を抱きしめる。

幸せが溢れる光景に、晴夏は思わず目を閉じて顔を逸らした。胃が握り潰されたように痛くなり、吐き気が込み上げる。

ママ、助けて。

幼いころ、晴夏は何度も心の中で叫んだ。家族が壊れるのが怖くて、口にすることのできない叫びだった。それに、助けを求めてもママの耳には届かないものと決めつけてしまっていたから。

「ママ、あのひと、シンデレラなの？」

女の子が、ウェディングドレス姿の晴夏を小さい指で差す。

「うん。きっとそうね」

「綺麗だね」

母親と父親が、「おめでとうございます」こちらに向かってにこやかに頭を下げる。

「ハルカもシンデレラになりたい！」

母親の抱擁から脱出した女の子が、ふたたび走り出す。

勇気がなかったのが悪かったの？　晴夏は、去っていくピンクのリュックサックを見つめながら、そう問いかけた。

「よかった。まだ無事なのね」

背後からふいに肩を叩かれ、晴夏は短い悲鳴を上げた。

「ごめん。驚かせちゃった？」

《オリオンビール》のロゴが入ったTシャツに、デニムのホットパンツの若い女が、両手を合わせて謝ってきた。

「……あなたは？」

「五十嵐桜。昨夜、あなたが会った白鳥のパートナーよ」

18

「沖縄は久しぶりなんです。やっぱりこの暑さがいいですよね」白鳥叶介が勝手に部屋の冷蔵庫を開けた。「ビール貰ってもいいですか？」

《ホテルポセイドン》の503号室。八王子は、部屋の隅でマッキーと並んで立っていた。

「俺も飲みてえな」

小出英治《えいじ》が喉を鳴らす。

「ダメよ。まだ午前中なんだから」

小出の妻、保江《やすえ》が窘める。

全員の自己紹介はさっき終えた。二人の息子の名前は、兄が隼人、弟が賢人だった。兄弟の職業までは訊いてはいないが、雰囲気からして学生かフリーターといったところだろう。

この家族は、娘の結婚式で沖縄に来たらしい。

「わかってるよ。先生が来るかもしれないしな」

小出英治が顔をしかめる。

「私は貰いますね」

白鳥叶介がオリオンビールを取り出し、備え付けのグラスに注ぐ。見かけによらず、図々しい男だ。

「お二人も何か飲みます？」

小出保江が八王子とマッキーに訊いた。

「ありがとうございます。お水かお茶でも……」

「結構よ」マッキーが、八王子の言葉をピシャリと遮る。「毒が入ってたら困るし」

「ははは、面白いオカマだな」

小出英治が小馬鹿にしたように笑う。態度を見る限り、最初から好感を持てる人物ではない。

「アンタの顔も面白いわよ」

すかさずマッキーがやり返す。

「仲良くしましょうよ。せっかくのバカンスなんですから」

白鳥叶介がビールのグラスを片手に、仲裁に入る。二人の息子たちは他人事のようにスマホのゲームをしていて、顔を上げようともしない。

「白鳥さんよ。先生とはいつからの付き合いなんだ？」

小出英治が訊いた。

「まだ、会ったことはないです」

「あん？　さっき先生に世話になってるって言ったじゃねえか」

「すいません。この部屋に入るために嘘をつきました」

「……えっ？」

小出夫妻が顔を見合わせた。息子たちもやっと顔を上げる。

「さてと」白鳥叶介がグラスのビールを飲み干した。「時間もないことだし、仕事をさせて貰いますかね」

「仕事だと？」小出英治が、警戒した面持ちでソファから立ち上がった。「何者だよ、てめえ」

「そんなに怖い顔をしないでください。あなたたちを助けに来たんですから」

助ける？

今度は、八王子とマッキーが顔を見合わせる。

監禁の邪魔をする奴が現れそうやから、阻止して欲しいねん。

深作は八王子にそう言った。白鳥叶介がそうなのか？

監禁されている家族が、ホテルのベランダから次々と飛び降りるだろう。君のせいでな。

そう脅されたから、この部屋に来たのだ。

「どういう意味ですか？　助けて貰わなくても、私たちは充分に幸せなんです」

小出保江も立ち上がり、夫の側に寄り添った。

「わかってないようですから単刀直入に言います」白鳥叶介がグラスをローテーブルに置いた。「今からあなたたちの洗脳を外します」

「はあ？　何言ってんだ？」

小出英治が顔を引き攣らせたまま、笑みを浮かべる。

「あなたたち家族は、深作に洗脳をかけられてるんですよ」

「ウケる」

息子たちが鼻で嗤った。父親にそっくりの表情だ。

「あんた、ずいぶんハッキリ言うわね」

マッキーが、目を丸くして白鳥叶介を見る。

「任せてください。洗脳を外すのが私の仕事ですから」

「うるせえ」

小出英治が白鳥叶介に迫り、摑みかかろうとした。息子たちも、スマホをやめてベッドから立ち上がる。

「落ち着いてください」

白鳥叶介の言葉でクールダウンするわけもなく、小出英治が白鳥叶介の肩を小突く。

「さっさと出て行きやがれ」

さて、我々はどうする？　追い出すのを手伝うか？

ただ、白鳥叶介の言葉が本当ならば、小出家の洗脳を外してくれるかもしれない。どっちだ？　どっちが正しい選択だ？

「洗脳を外すためには、まず相当のショックを与えなければならない」

白鳥叶介が爽やかな笑みを浮かべて、ジャケットの内側から黒い塊を取り出した。

銃……ベレッタだ。昔、漫画で描いたことがあるからわかる。あのときは、本物に近いモデルガンをわざわざ買ったのだ。

「君たちの目的は？」白鳥叶介が八王子とマッキーに銃を向けた。「私の仕事の邪魔をするなら容赦はしない」

嘘だろ……。

19

水上観覧コーナー？

祇晶は、一階の《ジンベエ・マンタ》コーナーで、水上観覧コーナーに繋がる専用エレベーターを見つけた。看板によると、巨大なジンベエザメの水槽を真上から見ることができるらしい。

行ってみるか……。

深作がまだ水族館にいるのならば、ここも見ておかなければ。

「あ、待ってください！」

エレベーターに入り、ドアを閉じようとした途端、五人の若者がドタドタと乗り込んできた。全員、大学生のサークル仲間のようだ。地方から来たのか、全員、素朴で純粋そうな顔をしている。

「ジンベエザメに餌あげられるのかな」

金髪で両耳にピアスを三つずつつけた青年が、ふざけて言った。

「無理に決まってんじゃん！　バカだな、勝矢は」

ホストみたいなロン毛で肌を焼いた若者がからかう。

「餌とか売ってんのかな？　ジンベエザメって何食うの？　オレ、パン持ってるけど、あげたら怒られるかな？」

「当たり前じゃん！」

男が三人、女が二人のグループだ。冗談を言い合い、ケタケタと笑ってはしゃいでいる。まるで中学生並の会話だ。

面倒なことになった。深作を発見したときに邪魔にならなければいいが……。

祇晶は、ガキが嫌いだった。どうしても、草太が生きていたらと想像してしまうからだ。友達ができ、彼女ができ、仕事に就いて家庭を作り……。生きていれば、一体、草太はどんな人生を送ったのだろう？

「到着！」

「パンは隠せよ！」

「すげー！」

エレベーターが開き、大学生たちが飛び出していく。

祇晶は、慎重にエレベーターを出た。水槽の真上に細いデッキが吊られていて、歩けるようになっている。大学生だけでなく、他の観光客もいた。

奴はどこだ？

このエリアは、観光客はまだ多くないが、深作の姿は見当たらない。

直感が外れた。これも、引退して感覚が鈍っているからだろう。現役のボディーガード時代は滅多に外れることはなかったのに。

ボディーガードにとって、データの収集や準備も当然必要ではあるが、一番大切なのは第六感だ。野生動物が危険を察知するかのように、本能で見極めなければならない。

引き返そうとしてエレベーターのボタンを押した。

その瞬間、首の後ろにピリピリと電流のような痛みが走った。

うっ……。

現役時代と同じ感覚だ。我が身に危機が迫ると首のうしろに反応が出る。

エレベーターのドアが開く。祇晶は反射的に飛び退いた。

「あら？」

エレベーターから出てきたのは、妻の彩芽だった。

「どうして……」

「せっかくホテルから水族館が近いんだから、観に来たのよ」

「部屋から一歩も出るなと言っただろ」

「そうでしたっけ？」

彩芽がキョトンとして首を傾げる。

あれだけ何度も念を押した。彩芽は指示を破ったり、簡単に物忘れをするような女ではない。

「まさか……お前」

「ちょうど良かったわ。あなたも一緒に観ましょう」

彩芽が腕を絡めてくる。人前で自ら腕を組むなんて初めてだ。彩芽の手が異様に熱い。高熱でもあるのだろうか。

「待ちなさい。ここに居てはいけない」

「久しぶりのデートに照れてるの？」

「今すぐホテルに戻るんだ」

「嫌よ。私はジンベエザメを観たいの」

彩芽が凄い力で祇晶の手を振り払い、小走りでデッキへと向かった。間違いない。彩芽まで深作に洗脳されている。

「彩芽！」

「あなた一緒に泳ぎましょう」

柵を乗り越えて真下の水槽に飛び込もうとする。間一髪で、彩芽の肩を摑んだ。

「離して！」

駄々っ子のように身を捩る彩芽を、観光客たちが唖然として見ている。ここで騒ぎになるのはマズい。

「許してくれ」

祇晶は彩芽の耳元で囁くと、背後から首に腕を回した。頸動脈《けいどうみゃく》を圧迫すれば、人は数秒で意識を失う。

暴れていた彩芽が、腕の中でぐったりと眠るように落ちた。すぐさま引きずるようにしてエレベーターへと逃げる。癌に蝕まれた妻の体は、驚くほど軽かった。

祇晶はエレベーターのドアを閉めて、静かに息を吐いた。爆発しそうな怒りを必死で抑え込む。

ボディーガードにとって、感情の乱れは厳禁だ。現場では常に客観的でいなければ務まらない。しかし……。

私は初めて人を殺《あや》めるかもしれない。

次に深作の顔を見たときに、自分をコントロールできる自信はなかった。息子を失い、妻に先立たれることを知り、共に死のうとしている男に、もう守るものは何もないのだ。

20

水族館を出た晴夏は、駐車場で軽自動車の助手席に乗り込んだ。狭くてドレスがクシャクシャになるが、気にしている場合ではない。

「窮屈だけどシートベルトはしてね」

運転席の五十嵐桜が、冷静な声で命令する。

「は、はい」

自分よりもかなり若い五十嵐桜に圧倒されていた。どれだけの修羅場を潜れば、これだけ落ち着いていられるのだろうか。

いきなり味方として現れた彼女が、深作に洗脳されていない保証はないけれど、今は信じるしかない。孤立無援の晴夏には、他に頼るものがないのだ。

「とりあえず、その格好だと目立つから、着替えなくちゃね」

「あの……白鳥さんのところに行くんですか？」

「彼は用事で忙しいから」

「どんな用事ですか？」

「説明してる時間はないわ」

「でも……」

「それよりも、式場に中止の連絡を入れて」

五十嵐桜がハンドルを切りながら、ぶっきらぼうに言った。

「……はい」

ただ、ウェディングドレス姿なので、スマートフォンを持っていない。私物はすべて部屋に置いてある。

「スマホがないの？」

「そうなんです。部屋に戻ったらすぐにします」

「部屋には戻らないってば」

「えっ？　なんで？」

「決まってんじゃん。部屋に深作がいたらどうすんの？　あいつがいないとしても、洗脳された奴がいるかもだし」

「そうですね……」

「ウチの部屋で着替えて。サイズが合いそうな服は用意してるから」

「わかりました」

「敬語使わなくてもいいって。ウチのほうが年下なんだからさ」

五十嵐桜が、ジロリと横目で睨む。

「は、はい」

「ウチの部屋で着替えたら、移動するから」

「どこに？」

「晴夏さんの家族の部屋」

「どうして？　式場にいるんじゃないの？」

「ううん。まだ部屋にいる。白鳥が向かってるはずよ」

「部屋で何してるんですか？」

「洗脳を外す」

五十嵐桜が、宣言するように言った。

「……外せるの？」

「そのために来たから。ウチはプロだから」

その口調には、一ミリも揺るぎがない。その自信はどこからくるのだろうか。

晴夏は料理人として、そこまで自分の仕事に絶対的な自信は持てなかった。女友達と共同経営で三軒茶屋にバルを開いたのも、一人ではやっていけるとは思えなかったからである。

隣に座る二十歳そこそこのギャルとは出会ったばかりだが、彼女が仕事に並々ならない熱意を感じているのがわかった。いや、熱意と言うよりは、生き様がそのまま仕事になっているかのようだ。

「あなたの仕事は何？」

「何ってどういうこと？」

五十嵐桜が、運転しながら眉間に皺を寄せる。

「毎回、洗脳にかけられている人を助けてるの？」

「それは白鳥の仕事。今回、ウチは手伝ってるだけ」

「じゃあ……」

「ウチの仕事はね」桜が軽く微笑んだ。「ペテン師」

「えっ？　詐欺師じゃなくて？」

「ペテン師」

五十嵐桜が、自分に言い聞かせるように頷く。

「どう違うの？　同じような仕事じゃないの？」

「全然、違うよ。ウチには美学があるから。騙《だま》しやすい弱い人からは決してお金を巻き上げない。ウチのターゲットは、本物の悪人だけだもん。そのために中学生のころから、この道に入ったし」

「中学生？」

「うん。初仕事は十四歳。ウチの父親を破滅させた女結婚詐欺師をやっつけたの」

晴夏は、口をあんぐりと開けて、ハンドルを握る五十嵐桜を見た。

もしかしたら……。

何の根拠もないけれど、この子なら、魔王に勝てるかもしれない。

21

「ちょっと！　アタシSMには興味ないんだけど」

《ホテルポセイドン》の５０３号室。手錠をかけられたマッキーが白鳥叶介を睨みつける。

「手錠プレーはお嫌いですか」

白鳥叶介がニンマリと笑みを浮かべた。

手錠は二つあった。一つはマッキーの右手首と八王子の左手首に繋がれ、もう一つはマッキーの右足首と八王子の左足首に繋がれて、二人はソファに座らされている。スマホは取り上げられて、テーブルの上だ。

……こいつは何が目的なんだ？

八王子は、パニックになりそうなのを懸命に堪えて、白鳥叶介を観察した。最初から手錠を用意している時点で怪しさ全開である。

「どうせなら、八王子じゃない人とプレーしたいわ」

マッキーがふんと鼻を鳴らす。

「こんなときに何言ってんですか」

「五郎丸ちゃんと手錠で繋がりたかった」

「やめてくださいって」

「アタシのお尻に〝トライ〟して欲しいわ」

「下ネタを言ってる場合じゃないでしょ」

「アタシから下ネタを取ったら何が残るの？　アイデンティティーを奪わないでよ」

「とにかく大人しくしておいてください。終わったら無傷で帰しますので」

白鳥叶介は、毒を吐くマッキーのことをまったく意に介していない。

「俺の部屋で勝手な真似は許さねえぞ」

小出英治が青ざめた顔で言った。小出家の家族は、怯えながら一つのベッドに身を寄せ合っている。

「落ち着いてください。洗脳を外すまでの辛抱《しんぼう》です」

白鳥叶介が銃をチラつかせて脅す。

「何度も言いましたけど、私たちは洗脳なんてされていません」

小出保江が震える声で言った。

「本人は気づかないのが洗脳です。とくに深作の腕は一流ですから」

「先生がそんなことするわけないじゃないですか。たしかに、私たちの家で一緒に住んでいますけど、お金を渡したり、何かを買わされたりとかはしていませんし」

「そうだ。俺らみたいな平凡な一般人を洗脳して何のメリットがある？」

小出英治の言葉に、二人の息子が同時に頷く。

「あなたがたは餌だったんです」

「あん？」

「深作のターゲットは中屋敷聖人」白鳥叶介が、小出家の顔をじっくりと見回す。「晴夏さんが結婚する相手の父親です」

「晴夏って誰よ？」

マッキーが小声で八王子に訊いた。

「あの家族の長女みたいですね」

結婚式という大切な日に、深作は何を仕掛けようとしているのだろうか。しかも、赤の他人の八王子まで巻き込んで。

これまでは深作に対する興味と畏怖の念しか感じていなかったが、ようやく怒りが湧いてきた。

「信次さんのお父さんに何をするつもりだっていうの？」

小出保江が、恐る恐る白鳥叶介に訊いた。

「復讐です」白鳥叶介がハッキリとした口調で言った。「大手自動車メーカーの代表取締役会長ですからね。数々の恨みを買っているのでしょう。深作自身の恨みかもしれないし、誰かから依頼されての復讐代行かもしれません」

「馬鹿な」

小出英治が吐き捨てるようにぼやく。

「娘さんが殺人犯になってもいいんですか？」

「は？　何だそれ？」

「深作は、晴夏さんに夫の信次さんを殺すように指令を出したのです。結婚式で殺すようにと」

「せ、先生がそんなことおっしゃるわけないわ。だって……」

ひどく動揺する小出保江を、白鳥叶介が遮って続ける。

「もし、従わなければあなた方が命を落とすことになります」

「デタラメを仰るのはやめてください」

「先生が、俺たちを殺すってか？」

小出英治が肩をすくめて笑った。

「ありえないっしょ」

「ウケるんですけど」

二人の息子たちも手を叩いて、下品な笑い声をあげる。親子揃って、いけ好かない連中だ。

「深作が君たちを殺すのではありません。君たちが自ら命を絶つのです」

白鳥叶介が表情をまったく変えずに言った。

「俺らが自殺？　海に飛び込んでサメに喰われるってか」

小出英治がさらに大げさに笑ったが、よく見ると顔が引き攣っている。

白鳥叶介は小出英治を無視して振り返った。

「さあ、今度はあなたたちの目的を話してください」

白鳥叶介の手にはベレッタが握られていて、銃口が八王子とマッキーに交互に向けられた。

……本物なのか？

見るだけでは見分けがつかない。昔、八王子が購入したモデルガンは、重さまでもが本物と同じに作られていた。本物だとしたら、どうやって沖縄に持ち込めたのだ？　当然、飛行機では運べない。沖縄で買ったのか……。米軍基地があるし、その気になれば手に入りやすいのかもしれない。

「深作にお願いされたのよん」

マッキーがあっさりと白状した。新宿二丁目では敵なしのオカマも、さすがに銃は怖いようだ。

「マッキーさん、喋っていいんですか？」

八王子は思わず訊いた。

「いいのよ。だって、この若さで殺されたくないもの。どうせ死ぬなら五郎丸にタックルされて即死したいわ」

新宿二丁目ではウケるマッキーの下ネタギャグも、この部屋では寒々しい。誰一人として、クスリともしなかった。

「どうお願いされたんですか」

白鳥叶介が、マッキーの顔に銃口を近づける。

「この馬鹿家族を守れってさ」

「誰が馬鹿だ、コラッ」

小出英治が額に血管を浮かべた。瞬間湯沸器《ゆわかしき》のような男だ。

「どう考えても馬鹿だわ。バラエティー番組にでも出たら？　おバカファミリーで人気者になれるかもよ」

「てめえ、ぶっ殺すぞ」

「あなた、やめてください。こんな胡散臭い連中の話を鵜呑《うの》みにしないでください」

小出保江が、タコみたいに赤くなった夫を宥める。

「それで一体、どうやって守るのですか」

白鳥叶介が首を傾げる。

それはこちらが聞きたい。なぜ、深作は素人にこんなことを頼んだのだろうか。適任者なら他にいるだろう。

八王子は、今になって腹が立ってきた。いくら漫画のネタが欲しいといっても、死んでしまっては意味がない。

「深作からは何の指示もなかったわ。丸投げされて、こっちはいい迷惑」

マッキーが口を尖らせる。

「あなたたちも洗脳されていますね」

「されてませんよ！」

白鳥叶介の言葉に、八王子は瞬時に反論した。

反論したが……怖い。

洗脳されている人間は自分が洗脳されているとは気づかないのだ。であれば、八王子とマッキーが洗脳されていない保証はどこにもない。

「深作に体を触られました？」

白鳥叶介が訊いた。

「触らせないわよ！　タイプじゃないもの！」

マッキーがムキになって吠える。

「じゃあ、大丈夫ですね。相手の体を触るうちに徐々に洗脳するというやり方もありますから」

「そんな魔法みたいなことが可能なわけ？」

「触ってすぐに洗脳できるわけではありません。多くの場合、おそらく数日はかかるでしょうね。でも、人間は体を触らせた者に対して心を開きますから。心を開きやすい人なら数時間でイケると思いますよ。深作くらいの腕があれば」

「それはわかるわ。ワンナイトの相手でも、やった直後は好きになるもの。あれって不思議よねえ」

マッキーがあっさりと納得する。おぞましいから想像はしたくないが。

「この家族たちもそうです。深作と暮らしているうちに取り込まれてしまったのでしょう」

「そんな……」

小出保江が、紫色になった唇をわなわなと震わせる。

「じっくり時間をかけてきた洗脳を外すのは、どうすればいいんですか」

八王子は、自然に前のめりになって訊いた。

洗脳をテーマに漫画を描いたら面白いことになるんじゃないか？　もちろん、主人公は白鳥叶介がモデルだ。

「ショックを与えるのが一番です。脳みそをビックリさせて、洗脳を追い出すイメージです。まあ、なかなか一筋縄ではいきませんけどね」

「具体的な方法は何ですか」

「たとえば……」白鳥叶介が枕を持ち、銃を当てた。「こうですね」

その枕をマッキーに向けて、躊躇《ちゅうちょ》なく撃った。

22

ダメだ……このままでは見つからない。

祇晶は、彩芽の体を肩で支えながら水族館を見渡した。時間が経過するにつれ、観光客はどんどん増えていく。

深作はどこだ？

怒りと焦りが交互に襲い、祇晶の感情を乱す。観光客の何人かが彩芽の状態に気づき、ヒソヒソと話している。

彩芽の登場は、完全に想定外だった。つまり、深作にこちらの情報が筒抜けだったわけである。

祇晶は多目的トイレを見つけ、彩芽を連れて入った。

これで、ひと息つける。なるべく便器から離れた床に、彩芽を寝かせた。病気と戦っている妻に対して申し訳なくなり、涙が零れそうになる。

「すまない」

祇晶は小さな声で謝った。

彩芽をその場に一人残し、祇晶は水族館のスタッフを探すために、個室を出た。都合よく、柱の前に立つ制服姿の警備員を見つけた。

「警備員さん！」

祇晶は、小走りで近づいた。

「どういたしました？」

小犬のような顔をした若い警備員だ。若干、頼りなさそうだが、背に腹は代えられない。表情から見て、洗脳はされていない。

「多目的トイレで女性が倒れているよ」

「えっ？」

「意識がないので救急車を呼んだほうがいいな」

「は、はい」

警備員が大慌てで去っていく。

これでいい。可哀想だが、病院にいるのが一番安全だ。

彩芽の体は驚くほど軽かった。彼女の命が刻々と削られているようで胸が締め付けられる。

お前は無能だ。この世でたった一人の愛する人を守ることすらできない大馬鹿者だ。また家族を失って、お前だけのうのうと生きていくつもりか。

……落ち着け。

今は自分を責めても何にもならないだろう。心が掻き乱されて冷静さを失ってしまえば、深作の思う壺《つぼ》じゃないか。

深い呼吸を心がけ、丹田《たんでん》に気を送る。メンタルが不調だと重心が高くなり、バランスが悪くなるのだ。

「すいませーん。写真撮ってもらってもいいですか？」

「私もお願いしまーす」

大学生のグループが近づいてきた。さっき水上観覧コーナーで会った、男が三人、女が二人の連中だ。

「いいよ。カメラをうまく使えるかな」

祇晶は、笑顔を作って大学生たちからデジカメやらスマホやらを受け取った。全部で三機ある。

大学生たちが、ジンベエザメがいる大きな水槽の前で並んでポーズを取る。なんとも微笑ましい光景である。

「新しいカメラは難しいね」

わからないフリをして、画面に出る画像データを盗み見た。

いた！

水上観覧コーナーの画像に、深作の後ろ姿が映っている。

こんな近くにいたのか……。彩芽に気を取られて見逃していた。痛恨のミスだ。

「はーい。チーズ」

祇晶は、テキパキと写真を撮った。

深作は水上観覧コーナーにまだいるだろうか。移動したとしても、あまり遠くには行ってないはずだ。

「ありがとうございます」

撮り終えた大学生たちに囲まれる。

草太が生きていれば、こんな風に友達と旅行を楽しんだりしたのだろうか。お土産を買ってきてくれただろうか。撮った写真を見せてくれただろうか。

草太……許してくれ。守ってやれなくてごめんよ。

突然、背中に焼けたような痛みが走った。

刺された？

さらに一突き、激痛が襲う。

「おじさん、ごめんね」

大学生たちが去っていく。金髪のピアスと、ロン毛の色黒が、慌てて手に持っていたナイフをお土産袋に隠すのが見えた。

やられた……。

信じられない凡ミスだ。ガキなんぞ洗脳されていないと決めつけていた。

相手は、魔王と呼ばれる男なんだぞ。

だが、今のは洗脳なのか？　カフェテリアから襲ってきた中年女の二人組とはまるで表情が違う。

背中の激痛で酷く目が回り、よろめいて壁に手をついた。倒れたほうが楽なのはわかっている。しかし、ここではマズい。事件になれば、洗脳された罪のない大学生が逮捕されてしまう。

完敗だ。魔王に近づくことすらできなかった。

草太……彩芽……。

足を引きずり、多目的トイレに戻る。もう彩芽の姿はなく、ホッとする。シャツを脱ぎ、傷を確認した。腎臓をやられたかもしれない。

祇晶は、スーツの内ポケットからスポンジが詰め込まれた注射器を取り出した。

医療器具の《ＸＳＴＡＴ 30》だ。元々は銃で撃たれた兵士の応急処置に使っていたもので、今はアメリカ食品医薬品局が、一般への市販許可を出している。器具には、錠剤型のスポンジが九十個以上入っていて傷口に注射すると血を吸ったスポンジが止血する仕組みである。プロのボディーガード時代、部下を守るために購入したものだ。

器具を傷口に差し込み、スポンジを押し込んだ。これでなんとか出血は止められる。

祇晶は、ゆっくりと息を吐き、鏡の中の自分を見た。

今日、死ぬかもしれないな……。

やっと草太に天国で会える。

祇晶は顔を洗い、気合を入れ直した。背中の痛みが嘘のように消える。

待っていろよ……深作。

23

「やっぱり、水族館に戻る」

桜の用意した黒のワンピースに着替えた晴夏は、五十嵐桜を押しのけて、部屋のドアを開けようとした。

「ちょっと！　ダメだってば！」

桜が晴夏の腕を摑み、ドアから引き剝がそうとする。細い体をしているくせに、なかなか力が強い。

力なら負けない。こっちは毎日フライパンや鍋を振っているのだ。

「離してよ」

晴夏は桜の手を振り払った。

「ウチらの計画を台無しにしないでよね。深作を倒すためなら何でも協力するって約束したじゃん」

桜は一歩も退かない。

「わかってるけど、シンちゃんを水族館に置いておけないわよ。早く深作の奴から引き離さないと……」

信次と離れてしまったのは晴夏のミスだ。力ずくでも止めるべきだった。あれだけ愛し合っていたはずのシンちゃんが洗脳されている事実を、まだ受け止めきれていないのだ。

「洗脳されている相手をコントロールするのは難しいよ」桜が同情の目で晴夏を見る。「まずは居場所がわかっている晴夏さんの家族の洗脳を外そう」

晴夏は頷こうとしたが、体が動いてくれない。

シンちゃんの笑顔が脳裏に焼き付いている。

「でも……」

「でも、何？」

桜が両手を腰に当てて、ため息を漏らす。

心底呆れた表情だ。どちらが歳上かわからない。

「逃げたくないの」

晴夏は、桜の目を見据えて言った。

「別に逃げてるわけじゃないってば。物事には順番ってものがあるじゃん」桜が根気よく説得を続ける。「深作を探し出す労力を省きたいの。晴夏さんの家族の洗脳が解けたら、必ず奴のほうから現れるからさ。ウチを信じてよ」

こんなに若い子が頑張ってくれてるのに……。

頑固者の自分が、嫌で、悔しくて、奥歯を嚙みしめた。泣きたくないのに、ボロボロと涙が零れる。

「わかったわよ。戻ればいいんでしょ、戻れば」

桜が両手を上げて降参した。

「ありがとう」

「お礼はすべてが終わってから言ってよね。そして、もう二度とウチの指示に逆らわないで。夫と家族、両方を失うことになるよ」

「……はい」

やっと、素直に頷けた。

「家族がいるだけで幸せなんだからさ。もっと大事にしなよ」

桜が少し寂しそうな表情を見せた。

間違いない。彼女の家庭にも問題があるんだろう。

誰にだって、辛い過去はある。みんな、それを乗り越えようと必死にもがいて生きているのだ。

過去は執拗に追いかけてくるから、それよりも早く、未来へ進まなくてはならない。そして、未来へ進むのは、いつだって自分の足と、強い意志だ。

「シンちゃんを探しにいこう」

晴夏は、ふたたびドアを開けた。

「その前に会わせたい人がいるの」

「……誰?」

晴夏は警戒して聞いた。これ以上、新しいトラブルを増やされたくない。

「私だよ」

ドアが勝手に開いた。

部屋の前に、白髪の初老の男が杖をついて立っている。

「お義父さん……」

シンちゃんの父親の中屋敷聖人だ。礼服に身を包み、相変わらず他を圧倒する威厳を醸し出している。


晴夏が中屋敷聖人と会うのは、二度目だった。一度目は結婚の挨拶のときだ。

シンちゃんと中屋敷聖人はほぼ絶縁状態だったが、晴夏と結婚するために、シンちゃんが頭を下げて、面会をセッティングしてくれたのだ。

銀座にある寿司屋の個室だった。贅沢をほとんどしてこなかった晴夏ですら知っている有名店だった。

せっかくの絶品の寿司だったが、残念なことに、緊張のあまり味がまったくわからなかった。シンちゃんもいつもは見せないピリピリした顔を崩さなかった。

だが、中屋敷聖人は終始ご機嫌だった。寿司に舌鼓を打ち、日本酒をガンガン飲んでいた。

今思えば、久しぶりに息子と会えて嬉しかったのだろう。しかも、結婚の報告なのだ。

「晴夏さん。信次のことをよろしく頼む」

食事が終わったあと、中屋敷聖人のほうから頭を下げた。

そこに立っているのは、誰もが知っている大手自動車メーカーの代表取締役会長ではなく、一人の父親だった。

「こちらこそよろしくお願いします」

晴夏も深く頭を下げた。

「男ってのは基本、馬鹿な生き物だから。色んなところを大目に見てやって欲しい。もちろん、信次の馬鹿が目に余るようだったら、叱ってくれ」

中屋敷聖人が照れ臭そうに笑いながら言った。

「わかりました」

ずっと、中屋敷親子は似ていないと思い込んでいたが、その笑顔を見て、そっくりだと気づいた。

シンちゃんは不器用だけど、晴夏の前ではシャイで可愛い。だから、好きになった。

「もし、信次の馬鹿さ加減が、度を超したときは」中屋敷聖人の目が真剣になる。「煮るなり焼くなり、晴夏さんの好きにしてくれ。どうしても許せなければ殺してくれてもかまわん」

「はい。そうします」

冗談とわかっていても、背筋が寒くなる。

中屋敷聖人には、普通の人間にはない凄みがあった。背負っているものの重みがケタ違いなのだ。

最後、晴夏は、中屋敷聖人と握手をして別れた。

その手は、氷水に長時間浸けていたのかと思うぐらい冷たかった。シンちゃんとそっくりだ。やはり親子なんだと実感した。


「ウェディングドレスから着替えたのか。残念だな」

中屋敷聖人が、ニッコリと笑う。

その笑顔を見るだけで、晴夏の胸は熱くなった。

「お義父さん、すいません。わざわざ沖縄まで来て貰ったのに、結婚式がこんなことになってしまって……」

「緊急事態だから仕方ない。実は昨夜、私だけは、白鳥という男から説明を受けていた。危険な男から信次と晴夏さんが狙われているとね」中屋敷聖人の目に、例の凄みが宿る。「しかし、私は深作という男を知らない」

「身代金などの要求はあった？」

桜が、横から入ってくる。中屋敷聖人にもタメ口だ。

身代金……⁉　たしかに、この状況はシンちゃんが人質に取られているようなものだ。

「今のところはないな。奴の真の目的は何だ？」

「まだ、わかんないの。復讐の代行という線も捨て切れないしね。心当たりはある？　誰かに強く恨まれてるとか」

「そんな奴、星の数ほどいるからな。いちいち相手にはしてこなかったが」

中屋敷聖人が不敵な笑みを浮かべる。

「こんなに手の込んだ仕掛けをしてくるなんて、よほどのことだと思うのよね」

桜が腕を組み、眉間に皺を寄せる。

「目的は金ではないな。誰かが私の絶望する姿を見たいのだろうよ。金だけなら、もっとシンプルに脅しをかけてくる」中屋敷聖人が、鋭い目を桜に向ける。「ところで、私をこの部屋に呼んだ理由は何だ？」

「深作への対策を話し合いたかったんだけど、ウチら水族館に戻らなくちゃいけないのよね」

桜がチラリと横目で晴夏を見る。非難されているようでバツが悪い。

「わかった。私もついて行こう」

「えっ？　大丈夫ですか」

晴夏は、思わず訊いた。

危険に自ら飛び込むようなものだ。しかも、中屋敷聖人は高齢で足が悪く、杖をついている。

「深作と対面すれば何かわかるかもしれん。もしかしたら、以前にどこかで会った輩《やから》かもしれんしな」

「ついて来るのはいいけど」桜が二人を見回し、言った。「リーダーはウチだからね、そこんとこよろしく」

24

マッキーさんが……死ぬ？

八王子は、腕の中で血まみれになっているマッキーを抱きしめた。腹から出血し、息が荒く、細かく震えている。

「このように、枕に銃を押し付けて撃つとサイレンサーの役割になります。なかなか便利ですよね」

白鳥叶介が、専門学校の講師みたいな口調で言った。

「お前……自分が何をやったかわかってんのか」

小出英治が、青ざめた顔で訊いた。

彼の妻と二人の息子は、あまりの出来事に頭が真っ白になったのか、啞然として動けずにいる。

「私は自分の仕事を進めているだけです。何か問題でも？」

「人が死んだんだぞ！」

「正しくはまだ生きてます。早く病院に連れていかないとマズいですがね」

白鳥叶介があっけらかんと言った。

狂ってる……もしかして？

この男も、深作に洗脳されているのか。だとしたら、なぜ、関係のないマッキーを撃ったのだ。わけがわからない。

「救急車を呼んで、警察にも通報します。スマホ返してください」

八王子は、白鳥叶介を睨みつけて言った。

「やめたほうがいい。深作は警察の介入を望まない」

「アイツには関係ないだろ！」

怒りのあまり声が震えた。

人を撃ったというのに態度を何ら変えない白鳥叶介が、腹だたしくて許せない。同時に恐怖も覚える。

この男には感情がないのか？　もしくは、他人の洗脳を外すという仕事を繰り返しているうちに、人間らしい心を失ったとか？

「八王子くん。落ち着いてください」

「落ち着けるわけないだろ！　あなたは人殺しだ！」

八王子の大声に、小出家の四人がビクリと体を震わせる。

さっきまで、この男を漫画の新作の主人公にしようと思っていた自分が、とてつもなく恥ずかしい。

「だから、まだ死んでないですって」

「はやくスマホを取ってください。今、救急車を呼ばないと助けることができないんですよ」

「それは、私の仕事が終わってからにしてください」

「待てるわけないだろ！」

「あんたが……待つのよ……」

　突然マッキーが、八王子の手首を摑んだ。

「何言ってんですか、マッキーさん？」

「こいつの言うとおりよ……」

「えっ？」

「警察は……ダメ」

　今にも息絶えそうな口調である。

「は？　こんな危険人物、野放しにできないですよ」

「深作が……警察を嫌がるってことは……警察を呼べば、あの家族が死ぬ」

　マッキーが、震える指で小出家を指す。

「なんで、俺たちが死ぬんだ」

「この人、撃たれて正気じゃないのよ」

　小出夫婦も、八王子と同じくテンパっている。

「八王子くん」白鳥叶介が宥めるように言った。「警察が来れば、深作は証拠隠滅を図る。つまり、洗脳されている小出家がこの部屋のバルコニーから身を投げることになるんだ」

　何を言っているんだ、こいつは。さっぱりわからない。

「洗脳されているのはあんただろ！」

「私は洗脳をされていない。外すほうだ」

「誰の言葉を信じていいのかわからないよ！」

「アタシの言葉を……信じて……」

マッキーの手が、八王子の顔に触れた。頬に血がべっとりとつく。

「マッキーさん、でも」

「お願い」

「死んでもいいんですか」

「アタシの人生なんだから……好きにさせて」

無茶苦茶だ。出血のあまり、自分でも何を言っているのか理解していないのだろう。

……出血？

八王子の鼻に、ある違和感が残る。

これだけ出血しているのに、血の匂いがしないのはなぜだ？

まさか……。

「わかりました」八王子は、平静を保ち、言った。「白鳥に任せます」

「おいおい！　どいつもこいつもおかしいぞ！」

小出英治が、顔を真っ赤にして怒鳴った。

「ありがとう、八王子くん。ご協力に感謝するよ」

白鳥は、そう言って振り返り、小出家に銃を向けた。

「今度は私たちを撃つの？」

「撃ちたくはないので指示に従ってもらえますか。私と一緒にこの部屋から移動してくださ
い」

「どこに行くんだよ！」

「ついてきてくれればわかります」

「くそったれが！」

「いずれ、私に感謝しますよ」

白鳥叶介の、静かだが有無を言わせぬ言葉に、小出家は観念して部屋を出て行った。

「あの……マッキーさん、これはどういうことですか？」

八王子が床に倒れているマッキーに聞いた。

「笑いをこらえるの大変だったわ」

さも愉快そうにくすくすと笑っている。

「説明してください！」

「見てのとおり、協力したのよ。枕をよく見てごらん」

「はい？」

八王子は転がっていた枕を拾い上げた。

「穴が空いているのは片方の面だけでしょ？」

「本当だ……」

枕の穴は焦げ臭く、明らかに仕掛けの跡がある。

「子供騙しで笑っちゃうでしょ？　でも、シンプルなほうが、意外と効果あるのよね〜」

「火薬ですか？」

「知らないわ。白鳥マジシャンに聞いてよ」

つまり、弾は出なかったということだ。

「マッキーさんのそれは？」

「見てのとおり、血糊《ちのり》よん。お腹を強く押さえたら噴き出す仕組み」

「マジシャンというよりは、詐欺師じゃないですか」

「ピンポーン」

マッキーが嬉しそうにウインクした。

「アイツ、全然、プロなんかじゃないわよ」

「白鳥がですか？」

「二流もいいとこ。毎度、捕まえられて刑務所に放り込まれてるしね」

「洗脳外しってのは」

「そんな職業ないわよ」

「えっ？」

八王子は口をあんぐりと開けて、顎を外しそうになった。

「もうちょっとマシな名前つけなさいよね。ブレインバスターとか。あ、脳を破壊しちゃダメか」

「一体、何が起こってるんですか？」

「話すと長くなるのよ」

「説明してくださいよ！」

「アタシのお店にたまに来るお客さんから、相談されたのよ。その子も飲食関係で、〝三茶〟でスペインバルやってんのよ」

「はあ」

「今度、その子と共同経営してる女の子が沖縄で結婚式を挙げるんだけど、ヤバいトラブルに巻き込まれそうだって。女の子の家族が、ある男に洗脳されてるんだっていうの」

「その家族が、さっきの小出家？」

「イエス」マッキーが頷き、話を続けた。「あの人たち、ガチで洗脳されてたわよね。怖いわあ」

「何で、そんな相談がマッキーさんのところに来るんですか？」

「前も話したじゃない。大阪で店をやってた時代に、探偵のアシスタントの真似事みたいなことしてたって。すべての部屋で裏カジノが行われてたっていう〝ギャンブルマンション〟で戦ったこともあったんだから。あの夜も悪夢だったわあ」

「ギャンブルマンションですか」

　やたらと態度のデカいオカマだとは思っていたが、まさかそんな修羅場を潜り抜けてきたとは。このオカマ、あまりに現実離れしている。

「だから、アタシには、裏社会にちょっとした人脈があるのよ。今回は、洗脳のプロに対抗して、プロのペテン師を用意したわけ」

「ペテン師？」

「一流詐欺師の撲滅に人生をかけてる子がいるのよ。五十嵐桜っていうんだけどね」

「女ですか？」

「生意気で小便臭いギャルよ」

深作と戦うのがギャル？

どんな女なのか、まったく想像できない。

「それでどうして、マッキーさんが沖縄に？」

「桜のアシスタント役よ。ちなみにさっきの白鳥もそうよ。まあ、白鳥は、桜の弟子みたいなもんか」

「僕は関係ないじゃないですか」

「ごめんね。桜から指示されたのよ。『マッキーの知り合いで純粋な人いない？』って」

「それが僕ですか？」

「だって、童貞じゃん」

「関係ないじゃないですか」

「大いにあるわよ。案の定、深作に声をかけられたじゃない。純粋ってのは、騙されやすいってことでもあるのよ」マッキーがニヤッと笑う。「ごめんね。深海魚を釣る餌にしちゃって」

「何だよ、それ」

腹が立つのを通り越して、感心すらしてしまう。

八王子を餌にしたのは、間違っていなかった。実際に、深作は八王子に声をかけてきたのだから。これをすべて計算していたというのなら、桜という子は、若いのによほど優秀なのだろう。

「深作は、現場で協力者を見つけるっていう癖があるのよ」

「そんなもの、洗脳した人間にやらせればいいじゃないですか」

「もちろん、洗脳した人間も協力させてるわ。でもね、ガッチリ洗脳している人間は、逆に使いづらいらしいの。小出家を見て感じなかった？」

「たしかに、繊細な作業は厳しそうですよね」

「だから深作は、ここぞというときには、洗脳していない人間を利用するんだって」

「酷いですよ。こんなことに僕を巻き込むなんて」

「謝ったでしょ。それにいつも漫画のモデルを探してたからさ、アタシがいるじゃないっていう気持ちで、沖縄まで連れて来ちゃったの。逆に感謝しなさいよ」

メチャクチャだ。心遣いは嬉しいが、この旅は刺激が強過ぎる。

「ところで、白鳥は小出家をどこに連れて行ったんですか」

「わかんない。アタシのアシストはここまでだもん。『白鳥と組んで小出家にショックを与えて』って言われたの。桜にコキ使われてたってわけ」マッキーが、伸びをして言った。

「あとは桜の仕事よ」

25

やっと、見つけたぞ……。

水上観覧のコーナーに戻った祇晶は、細いデッキの上をふらつきながら歩き、深海魚に似た男に近づいた。

「ご苦労さん。せやけど、年寄りがしゃしゃり出るのはみっともないがな。ポックリと逝きそうな顔してるで」

深作が、でっぷりとした腹を揺すって大げさに鼻で嗤う。深作の隣には、白いタキシードの男が立っていた。

小出晴夏の夫となる、中屋敷信次だ。彼も洗脳されているようで、深作を尊敬の眼差しで見ている。まるで、悪徳宗教の教祖と信者だ。

「仕事はとうの昔に引退したんだがな。久しぶりのカムバックで、張り切り過ぎてしまったよ」

祇晶は手すりを持ちながら、深作との距離を詰めた。

奴との距離は五メートル。今、他に観光客はいない。

出血は止まったが、目眩は続いている。気を抜けば、ジンベエザメの背が見える真下の巨大な水槽に落下してしまいそうだ。

「大人しくホテルに帰ったほうがよろしいで、おじいちゃん。自ら寿命を縮めんでもええがな」

「気にするな。私の人生だ」

残り三メートル。もうすぐ奴に手が届く。

「しゃあない。シンちゃん、相手したれ」

「はい」

中屋敷信次が、深作を守るように立ち塞がる。

「頼む……そこをどいてくれ」

祇晶は肩で息をしながら言った。

背中の傷は、痛いというより、ジンジンと痺れている。そのうち、感覚すらなくなるだろう。

ボディーガードを長年務めてきたので、当然、大きな怪我は初めてじゃない。死にかけたことだって何度かある。しかし、それは現役のころの話だ。

「どくのは無理です」

中屋敷信次が、ピシャリと却下する。

「君とは戦いたくない。怪我をさせたくないんだ」

「僕、元ラグビー部ですよ」

「問題ない」

所詮、素人だ。こちらがこれだけの傷を負っていても、相手ではない。油断している分、制圧は楽だ。

だが、傷を負っているゆえ、手加減はできないと判断した。正常なときのように、力のコントロールはできない。中屋敷信次の関節を外すか、骨を折ることになる。

「シンちゃん、タックルして、突き落とせ。ジンベエザメの餌にしたれや。ジジイやから美味くはないけどな」

「ジンベエザメは人間を食べないですよ。主にプランクトンが餌です」

中屋敷信次が、祇晶を見ながら答える。

「わかっとるがな。もののたとえや」深作が、苛つきを隠さず言った。「早よ、ジジイを捻り潰せ」

「信次くん、目を覚ませ。晴夏さんが悲しむぞ」

祇晶は、中屋敷信次の心に届くよう訴えかけた。

「ハルちゃんは関係ありません」

「晴夏さんのことを愛してるんだろ。だから、結婚するんだろ。彼女を苦しませてどうするんだ」

中屋敷信次が押し黙る。頭の中が混乱しているようだ。

もう少し隙ができれば、踏み込める。

「結婚なんて、するもんちゃうで、この世の地獄や」

深作が中屋敷信次の背後から耳元で囁く。まさに悪魔の声だ。

「信次くん、耳を貸すな。自分の心の声を聞くんだ」

「すいません。心の声が聞こえないんです。俺には、ハルちゃんを愛する資格はあるのでしょうか」

中屋敷信次が悲しげに言った。

「結婚に資格など必要ない。必要なのは愛だ。しかし、愛は驚くほど脆い。家族で懸命に守っていくものだ」

祇晶は、自分に言い聞かせるように返した。

「ええ台詞やのう」深作がボソリと呟く。「でも、嘘や。愛はエゴや。究極の自己満足や。何かにつけて便利に使われる言葉にしか過ぎひん」

「お前は何が目的なんだ？」

祇晶は、じっと深作の目を見つめて、訊いた。奴の瞳の奥には、闇しかない。深い海の底みたいに、決して光は届かないのだ。

「究極の自己満足や」深作が不気味な笑みを浮かべる。「そういう意味では、これも一つの愛やな」

「ほざくな。悪党が」

祇晶は拳を硬く握りしめた。大学生までも洗脳し、人を傷つけさせた外道《げどう》を、許すわけにはいかない。そして、彩芽に手を出したことを後悔させてやる。

「悪は誰の心にもあるで。わしはそれを引き出すだけや」

「そのとおりです」

中屋敷信次がロボットのように無表情で賛同する。

「ほな、タックルいこうか」

「はい」

来る。祇晶は腰を落とし身構えた。

まともに受ければ、文字どおりふっとばされてしまう。信次の体ならば、軽トラックにはねられたぐらいの衝撃があるはずだ。

当たらずに、いなす。合気道の要領で、相手の力を利用して転倒させるのだ。

呼吸を整えて重心をさらに落とし、タックルが来るのを待った。

しかし、中屋敷信次はこちらの意に反して、くるりと振り返り、深作と向き合った。二人の距離は一メートルもない。

「へ？」深作がぽかんと口を開ける。「お前……裏切るつもりか」

「正解です」

そう言ったあと、中屋敷信次は低いタックルの姿勢を取ると、逃げようとする深作の腰を摑み、デッキに引きずり倒した。

26

五十嵐桜の運転する軽自動車が、《美ら海水族館》の駐車場に停まった。助手席には中屋敷聖人、晴夏は後部座席に乗っていた。

「信次と深作という奴がどこにいるのか、見当はついているのか」

中屋敷聖人が、窓から外を見て桜に訊く。

「ぶっちゃけ、わかんない」

桜がヤケクソ気味に答える。

晴夏は、今更ながら罪悪感を覚えていた。計画を変えてまで、晴夏がシンちゃんを探したいと押し切ったのだ。

「闇雲に探すわけにもいくまい。そのボディーガードからは連絡はないのか」

桜の仲間だという、白髪の初老の男のことだ。水族館にいきなり現れ、晴夏とシンちゃんを助けてくれた。

「ないんだよね」

桜が、シートベルトを外して肩をすくめる。

「ボディーガードもすでに洗脳されとるんじゃないのか。深作は魔王と呼ばれるほどの怪物なんだろ」

「もしかしたら、殺されてるかも」

「何だと？」

「深作自身は手を出さないけど、洗脳した人間を使って襲わせる可能性は高い。意思のないゾンビと同じだね」

「そこまでの力が深作にあるのか……」

中屋敷聖人が呟く。こんなときでも動揺を一切見せず、威厳を失っていないのはさすがだ。

「中屋敷さん、携帯電話を持ってる？　信次さんに連絡を取って欲しいんだけど、いいかな？」

「ああ」

桜に言われて、中屋敷聖人が礼服のパンツからスマートフォンを取り出した。

連絡なら、もう晴夏が散々している。にもかかわらず、一切連絡がつかないのだ。繋がらないとわかっているのに、どうして桜は中屋敷聖人に訊くのだろうか。

「スマホが一つだけ？　他にはない？」

「ん？　これだけだが……」

「センキュー」

桜がひょいと、中屋敷聖人の手からスマートフォンを取り上げた。

「お、おい」

「没収ね」

「どういう意味だ？」

「だって、助けを呼ばれたら困るもん」

そう言って、桜が奪ったスマホを自分のポケットに入れる。

「桜ちゃん……何やってんの？」

晴夏は後部座席から身を乗り出した。この駐車場に着いてから、明らかに桜の様子がおかしい。

「いろいろ考えたの。今回の事件の黒幕は誰だろうってね。それがわからない限り、戦いようがないじゃん？」

「黒幕は深作じゃないの」

「奴はプロフェッショナルだもん。黒幕は別にいて、その誰かが深作に依頼したのよ」

「誰だ？　早く教えろ」中屋敷聖人が、シートベルトを外そうとした。「ん？　何だ、これは？」

「お義父さん、どうしたんですか？」

「固くて……外れん」

中屋敷聖人がガチャガチャとシートベルトを引っ張るが、ビクともしない。

「いくら頑張っても無理だし。それ、人を動けなくするために改造してあるから」

桜が得意げにシートベルトを指す。

「私のときは外れたのに」

「ちょっとした仕掛けがあるの。手品みたいでウケるでしょ」

「おい、貴様。どういうつもりだ。早く外せ！」

中屋敷聖人が、口から白い泡を飛ばし、興奮して怒鳴る。

「ダメよ。もう少しだけ大人しくしておいて、おじいちゃん」

「誰がおじいちゃんだ！」

足をバタつかせる中屋敷聖人を見て、桜がケタケタと笑う。

「もしかして……お義父さんが黒幕なの？」

「違う。もっとビックリする人」

「馬鹿者！　訴えるぞ！」

「うるさい」

桜が、ダッシュボードからハンドタオルを取り出し、中屋敷聖人の口に強引に詰め込んだ。

「うごっ……ごほ……」

「やめて。何てことするのよ」

「騒がれたら困るじゃん。せっかくの人質なんだから」

「えっ？　お義父さんが……人質？」

混乱のあまり、頭が痛くなってきた。どうして桜が人質を取ろうとするのかも、理解不能である。

「皮肉だよね。大手自動車メーカーの代表取締役会長が、ライバル会社の軽自動車に捕まっちゃってんだから。笑っちゃう」

中屋敷聖人が、さらに呻き声を上げ、鬼気迫る目で桜を睨みつける。

「ひどい……」

「いいの、いいの。人質だけど、命を守ってあげてるんだから気にしないで。外をウロつかれても困るし」

「……守る？」

「命を狙われていたのは、このおじいちゃんなの。今日の結婚式で殺される予定だった」

「お義父さんが？　誰に？」

「あなたよ」

桜が、晴夏をじっと見つめて言った。

中屋敷聖人が、きょとんとした顔で、暴れるのをやめる。

「わ、私？」

晴夏は、反射的に自分の顔を指した。

「そう。晴夏さんがもう少しで、殺人犯になるところだった」

「あの……私が深作に言われたのは、シンちゃんを殺せっていう命令で……もし殺すことができなければ私の家族が……」

「それ、フェイクだし」

「はい？」

「依頼人の本当の目的は、中屋敷聖人を殺すこと。そのために、時間をかけて準備をして複雑な計画を立てた」

「依頼人は誰なのよ」

「おじいちゃんの息子で、あなたの夫」

桜が、二人を交互に見る。

中屋敷聖人は、もう呻くことすらやめている。

「嘘だ……」

「可哀想だけど事実なんだよね」桜が、悲しげな目を晴夏に向けた。「黒幕は、あなたの愛するシンちゃんよ」

第七章　ラストショー

27

エメラルドビーチからの風が、優しく頬を撫でる。

サングラスを持ってくるべきだったな。

祇晶は、容赦なく降り注ぐ沖縄の太陽に目を細めた。

深作を捕まえた中屋敷信次と祇晶は、《美ら海水族館》の外に出ていた。信次が深作の手首を摑んで捻り上げている。

見事だ。信次には格闘技の経験があるのか？　周りの観光客に対しても目立たない絶妙な角度だ。

「おい、兄ちゃん」深作が、顔を歪めて言った。「ちゃんと歩いとるやろ。もう少し優しくせんかい」

「静かにしてください。騒いだら骨を折りますよ」

「わかっとるがな。わしかって、基本的には暴力反対やねん。てか、どこに連れていくねん」

「拘束できる場所です。イルカの飼育員のロッカールームを借りてるので」

「なんでそんなとこ借りとんねん」

「チャペルでの結婚式を終えたあと、イルカコーナーを借り切って披露宴をやる予定だったので」

「イルカのショーとコラボかいな」深作が忌々《いまいま》しげに舌打ちをする。「金に物を言わせたらええってもんちゃうぞ」

イルカコーナーは、水族館に隣接する公園の通り沿いにあり、徒歩で数分ほどの場所にある。祇晶は、昨日の下見でイルカコーナーの場所は知っていたが、披露宴のことまでは聞いていなかった。

何かがおかしい。

違和感が、祇晶の歩みを鈍らせる。自ら危険に向かって進んでいるように思える。

「信次くん。この男を警察には突き出さないのか」

「洗脳されているすべての人たちの安全を確認してからです」

信次の口調は穏やかだが、他を寄せ付けない迫力がある。聞いていたプロフィールの印象とは大きくかけ離れている。もっと控えめで真面目な整体師の印象が強かったのだが。

父親の血か？

信次の父親は、世界的に有名な自動車会社の会長だ。

だとしても、キャラの変化が突然過ぎる。

「信次くん、代わろうか」

「大丈夫です。祇晶さんは刺されたんですから、ここは僕に任せてください」

「どうして知っている？」

大学生たちに襲われたことは誰にも言っていない。服に血痕は残っているが、刺し傷とまではわからないはずだ。

「さっき、深作から聞いたんです。そうだよな？」

信次が、さらに深作の手首をグイッと捻る。

「アイタタッ！　そうやがな」

ボディーガードという仕事柄、嘘を見抜くのは特技の一つである。依頼主や仲間のほんの小さな嘘が命取りになる世界で、長年生きてきたのだ。

この二人は嘘をついている……。

それぞれが単独でついている嘘なのか、示し合わせた嘘なのかを確認する必要がある。

「ところで、洗脳された人間の安全をどうやって確認するんだ」

祇晶は、間を空けずに訊いた。

嘘を見破るコツは、相手の会話のペースを意図的に狂わせることだ。嘘をついていない人間は気にしないが、嘘をついている人間は、会話の主導権を取りたがるものなのだ。

「まずは一ヶ所に集めます」

「どこに？」

「イルカコーナーの観覧席です」

「みんなで仲良くイルカショーを観るんかいな」

深作が、さらに大きく舌打ちをする。

水族館を背にして、海が見える公園の通りを左に折れる。この公園には、イルカラグーンの他に、ウミガメ館とマナティー館がある。少し歩くと、イルカラグーンが午前中は貸切だという看板が見えた。数組のカップルと家族連れが残念そうに引き返してくる。

これならば、洗脳している人間たちをまとめることは可能だ。

三人は、看板を通り過ぎてイルカラグーンへと直進した。ゆるい坂を歩くたびに、背中の傷が痛む。

どこかでタイミングを見て、五十嵐桜にこの移動を伝えねばならない。

どう考えても、信次の動きが不審だ。洗脳はされていないというが、どこまで信じていいのかわからない。

今は下手に動かず、様子を見るほうがいい。祇晶の直感はそう語っている。

「オリオンビール飲ませてくれ。あかんかったら、ソフトクリームでもええわ」

深作が、老犬のようにダラリと舌を出す。

「我慢してください。あとで水を飲ませます」

信次が、表情を変えずに言った。

「ほんで、どうやってあいつらの洗脳を解く気や。わかっとると思うけど、わしは一切協力せんからな」

「そういうわけにはいかないだろう」

祇晶が背中を押さえながら牽制する。痛みのあまり吐きそうになってきた。

「催眠術ちゃうねんぞ、そう簡単に解けてたまるかいな」

「そのとおりです。よほどの精神的ショックを与えなければ難しいです」信次が代わりに説明する。「しかも、それを全員同時にやらなければならない」

「お前、何を企んどるねん」

深作がジロリと中屋敷信次を見た。この状況でまだ強がってはいるが、心の中では怯えているのが伝わってくる。

「一世一代のショーですよ」

信次が、太陽の光を受けて微笑む。その瞬間、海風がすべて止まったかのような錯覚に陥った。

こいつは……。

祇晶は息を飲み、立ちすくんだ。

五十嵐桜は気づいているのか。本当の敵は、この男だぞ。

「どうしたんや？　ビビってもうたんか？」

深作が、首を傾げて祇晶を見る。

どうする？　今なら引き返すこともできる。

止血されているとはいえ、早く病院に行ったほうがいい。

いや、腹を括ったのを忘れたのか！　そもそもここへは死にに来たんだ。そしたら天国で草太に会えるじゃないか。

「私もオリオンビールを飲みたくなっただけだよ」

祇晶は、そう言うと再び歩き出した。

「すべてが終わってから好きなだけどうぞ」

信次が、こちらを見ようともせずに言った。

きっと、この先には大きな罠が待っている。そうだ、あえて、その罠にかかってやる。死にかけのジジイにできる最後の仕事は、それぐらいだ。

「ガキが舐めるなよ」

祇晶は、前を歩く信次の背中を睨みつけた。

28

「どうする？　宮古島にでも寄ってく？」

《ホテルポセイドン》のフロントで、マッキーがチェックアウトの列を待ちながら言った。

「まっすぐ東京に帰らないいんですか」

八王子は、半ば呆れて返した。

あんな出来事があったというのにウキウキしているマッキーが怖い。

「せっかく本島まで来たんだから、もったいなくない？　アタシ、沖縄は離島派なのよね。宮古島、最高よ～。人生観が変わるぐらい美味しいソーキそばの店があるの」

「知らないですよ」

「石垣島もいいわよ〜。美味さと安さが、東京とは天と地ほども離れているマグロを食べさせてくれる店があるの」

「一人で行ってきてください」

「わかった。竹富島はどうよ。石垣島から高速船で十五分もかからないし。神の存在を信じるしかなくなるクリームソーダが飲めるカフェがあるの」

「しつこいですよ。どの食べ物も表現のたとえが大げさ過ぎます」

「八王子が暗い顔してるから、元気出して貰おうとしてんのよ。オカマのサービス精神じゃない」

　マッキーが拗《す》ねた顔を見せる。

　しかし、今の八王子には逆効果だ。

「帰りたくないです」

　八王子はスーツケースを持ち、チェックアウトの列から離れようとした。

「待ちなさいよ。どこ行くの？　オカマを一人にしないでよ」

「納得できないんです」

「何がよ。もう仕事は終わったじゃない。長居は無用よ」

「マッキーさんの仕事が終わっただけです。僕は終わってません」

「八王子の仕事って？」

「漫画のネタ探しじゃないですか」

「あんた、本気で言ってんの？　物凄い体験をしたじゃない。これ以上を求めるなら、アタシに童貞を捧げるしかないわよ」

「本気です」八王子は真剣な顔でマッキーを見た。「この事件がどうなるのか、最後まで見届けたいんです」

これまで真面目に生きてきたつもりだが、真剣味が足りなかったように思う。実際、本気で魂を削って作品を描いてきただろうか。

「アタシは遠慮したいわあ。誰かの不幸は見たくないし、巻き込まれるのはゴメンだし」

マッキーが乙女のように頰を膨らませる。よほど、遊びに行きたいらしい。

「僕、一人でも残ります」

「残って、どうすんの？　深作に洗脳かけてくださいってお願いする？」

正直、どうすればいいのかはわからない。ただ、最後まで見届けなければ、一生、傑作の漫画は描けないだろう。

「探します」

「誰を？」

「深作か、白鳥か、小出家を」

「都合よく見つかればいいけどね」マッキーが冷たく突き放す。「素人が割り込んじゃいけない世界ってのがあるのよ」

「わかってます。でも……」

言葉に詰まった。体の底から湧き上がる感情を言葉にできない。

「でも、何？」

よほどの運がない限り、探し出すのは無理だ。東京に戻ったほうがいいともう一人の自分が囁いている。

「やっぱり東京に戻ります」

八王子は、うなだれるように言った。

「あっさり！　諦めるの早くない？」

「はあ？　マッキーさんが帰れって言ったんじゃないですか」

「違うわよ。アタシは離島に遊びに行こうと誘ったのよ」

マッキーが口を尖らせてムキになる。

「東京に戻ればいいんでしょ。戻りますよ」

「男らしくないわね。まだ新しい漫画のアイデアが浮かんでないんでしょ？」

「もういいんです」

「歴史に名を残す漫画家になるんじゃないの？　手塚や水木を倒しなさいよ。二人ともこの世にいないけど」

「畏れ多いですよ！　あっ」

八王子は、エントランスから出て行こうとする団体に釘付けになった。

「何？　どうしたの？」

「あの人たち」

「えっ？」マッキーが、団体を見て目を細める。「昨夜、居酒屋でフルチンになった奴らじゃない」

「どこに行くんでしょうか」

「また、どこぞで脱ぐんじゃない。ビーチで脱いで、全員逮捕されたらいいのに」

団体の何人かが同じチケットを持っている。沖縄のこのホテルで、チケットといえば一つしかない。

「あの人たちが、どこに行くのかわかりました」

「どこよ？」

八王子は、団体を追いかけるために歩き出し、言った。

「隣の水族館です」

29

「仲間からメールが入ったわ」

五十嵐桜が、緊迫した表情になる。

晴夏、桜、中屋敷聖人の三人は、《美ら海水族館》の深海のコーナーにいた。水槽の中には、グロテスクな形の魚が泳いでいる。

中屋敷聖人は、息子が黒幕だと知らされ、大人しく桜に従っている。桜は、中屋敷聖人が他の人間を呼ばないよう、一時的に拘束しただけだった。

「仲間とは誰だ？」

「プロのボディーガードよ。引退してるけど腕利きなの。でも病気の奥さんが事件に巻き込まれて洗脳されたわ。今は病院に運ばれて安全だけど」

中屋敷聖人の質問に、桜がテキパキと答える。

桜のような若さの女子が、どうやってプロのボディーガードなんかと知り合うのだろうか。

「何て連絡が入ったんだ？」

「深作と信次さんが、水族館からイルカラグーンに移動したって」

「イルカ？　披露宴を予定していた場所か？」

中屋敷聖人の言葉に、桜がピクリと反応した。

「何、それ？　聞いてないんだけど」

「イルカのショーが見れるステージで披露宴をやりたいからと、貸切にして貰ったんだ」

「何で、そんな大事なことを黙っていたの？」

桜が、責めるように晴夏を見る。

「シンちゃんが全部説明したよって言ってたから」

今になって後悔しているのは、深作からの『結婚式で愛するシンちゃんを殺せ』という脅しを、シンちゃん本人に隠してしまったことだ。これぱかりは、恐ろしくてどうしても言葉にできなかった。

言えばよかった。もっとシンちゃんを信じるべきだった。

グズグズしていたから、シンちゃんまで深作に洗脳されてしまったのだ。

「そのボディーガードとやらは、深作と今、何をしているんだ？」

「信次さんが、深作を拘束しているそうです」

「シンちゃんが深作を？」

「これでわかったでしょ。信次さんは元から洗脳なんてされてなかったのよ。ウチも白鳥も、彼の洗脳を外すようなこと、何もしていないからね」

「でも……」

シンちゃんが今回の黒幕だなんてこと、信じられるわけがない。

「まあ、すぐには納得できないわな。私だってそうだ」

中屋敷聖人が、優しく晴夏に頷きかける。

「シンちゃんがこんなことする理由がわかりません」

「説明して欲しい？」

桜が苛つきを隠さずに言った。

「私の遺産だな」

中屋敷聖人が、ため息混じりに呟いた。

桜が、何も言わずに頷く。

「そんな……」

「私が死ねば、一人息子の信次には、相当の額の遺産が転がり込む。整体師では一生かかっても到底稼げない額だ」

「シンちゃんがそんな愚かな考えを持つわけがありません」

「金は人を狂わせる。私は、嫌というほど見てきたよ」中屋敷聖人が、悟り切った顔で言った。「それに、信次は私を憎んでいる。それこそ、殺したくなるほどにな」

「二人の間に何があったのよ？」

桜が両手を腰に置いて訊いた。

中屋敷聖人は、ため息を吐くと、話し始めた。桜の質問に答えない限り、ここから動けないと諦めたのだろう。

「どこにでもある家族の問題だよ。私は息子を愛し、愛するがゆえに期待をした。この私をいつの日か超えてくれるだろうとね」

「その期待を、裏切られたのね」

「ああ。残念ながら、息子には経営の才能がなかった。だから、息子が大学を卒業してすぐ、私の後継者候補から外したのだ」

「そんなに若い歳で才能がないって決めつけるなんて、あまりに冷酷じゃないですか。努力を続けるチャンスすら与えなかったんですか」

晴夏は、自分のことのように腹が立ち、反論した。

「猫がどれだけ頑張ろうと獅子にはなれない。身内贔屓《びいき》で会社の経営を傾かせるわけにはいかんのだよ。全国の社員の生活がかかっているからな」

　シンちゃんは、金や権力を嫌い、別の世界に飛び込んだと晴夏に言っていた。晴夏は、まったく、なんにも、知らなかったのだ。

　……みんな嘘だったんだ。

　今まで晴夏を愛してくれたあの人は、いったい誰だったの？

「憎しみと金。立派な動機よね」桜が、細い肩をすくめる。「信次さんは、父親を殺すために綿密な計画を立てた。自分が疑われないように、深作という洗脳のプロを雇った」

「私は、深作からシンちゃんを殺せって指令を出されたのよ」

「自分がターゲットで殺されるかもしれなかったとなれば、警察に疑われないでしょ。晴夏さんが、お義父さんを誤って殺したとしてもね」

「おい、どういう意味だ？」

　中屋敷聖人が、眉間に深い皺を寄せて桜に迫る。

「晴夏さんも洗脳されているのよ」桜が静かな声で言った。「深作じゃなく、信次さんからね」

　水槽の中の深海魚が、じっと晴夏を見ていた。

30

「桜さん、あなたのメールを受け取ってくれたようですね」

信次が、祇晶の携帯電話を、自分のタキシードのパンツに入れた。

イルカラグーンの脇にある飼育係の更衣室。

祇晶は、深作と並んでパイプ椅子に座らされていた。目の前には、信次が仁王立ちをして二人を見下ろしている。

「私の携帯は、返してくれないのか」

「お預かりしておきます。邪魔者を呼ばれるのは勘弁して欲しいですからね」

信次に言われるがまま、祇晶は桜にメールを打った。これで信次は、桜をおびき出すことができるというわけだ。

……これでいいのか？

祇晶はわかっていて、あえて罠にはまった。桜の能力を信じるしかないのだが、どうしても不安になる。

五十嵐桜——。

初めて会ったタイプの人間だった。初対面の時から、その洞察力、発想力、計画力には、正直、驚きを覚えた。まだ少女の面影が残っているというのに、とんでもない天才か、とてとてつもない体験を積み重ねてきたかの、いずれかしかありえない。

「いつからや……」

深作が、ぐったりした顔で訊いた。

「何の話ですか？」

信次が首を傾げる。

「お前……洗脳の技術をいつ身につけたんや」

「あれ？　バレちゃいましたか」

「まあ、二年前、わしに小出家の洗脳を依頼してきた時点で疑ってたけどな。金持ちのボンボンが顔を突っ込む世界やないし」

「話せば長くなりますよ」信次が、人差し指でコリコリと眉を掻く。「二十二歳で父親に見捨てられてからですから」

どういうことだ？　深作は、信次に洗脳の技術があると言っている。信次は、洗脳をマスターしているというのか。

祇晶は啞然とし、虫も殺さないような顔をしたタキシード姿の優男を見上げた。

「わしを利用したんやな。わしの顧客を沖縄まで来させて仕込むのに、どれだけ手間がかかったと思ってるねん」

深作が顔を歪める。悔しさよりも、まだ驚きが勝っている表情だ。

「顧客？」

祇晶は思わず訊き返した。

「そや。何でも言いなりになるわしの奴隷や」

「彩芽をいつ洗脳した？」

奴隷という言葉に、堪え切れない怒りが込み上げる。

「は？　何を勘違いしとんねん。あんたの嫁さんを洗脳したんはわしやないで」

「……えっ？」

「すいません。僕なんです」信次が肩をすくめた。「僕がマッサージをさせていただきました」

「マッサージ？」

沖縄に来て、彩芽は背中と腰の痛みに苦しんでいた。それを見かねた桜が、「晴夏さんの旦那が整体師だって」と紹介してくれたのだ。

桜が信次とグル……彼女に限ってそんなはずはない。桜も信次の正体を知らなかったのだ。

見抜く方法なんてない。

「彩芽さん、とても純粋で素直な方なので、比較的楽に洗脳できました」

「お前……」

脳の奥で、ブチブチと何かが切れる音がした。彩芽と草太を思い浮かべて、どうにか殺意を抑え込む。

「ちなみにわしのはこいつとはスタイルが違うねん。わしの場合は、まずターゲットの弱味を握る。ちなみのお前の背中を刺した大学生は、轢き逃げをやらかしよったんや。わしが裏の人脈を使って揉み消したら涙流して喜びよったわ」深作が信次に負けじと演説をする。「感謝ほどやっかいな感情はない。恐怖や痛みだけで他人をコントロールするのは二流や。徹底的に、この人のためなら命を捧げてもいいと心に刷り込ませるねん。そしたら、簡単に駅前で正座して叫ぶし、居酒屋ですっぽんぽんにもなりよる」

「晴夏さんの家族はどうやって洗脳したんだ？」

「あの家族が晴夏を虐待しとったんや。とくに義父は、幼かった晴夏を手ごめにしよった」

「情報を提供したのは僕です」信次が合いの手を入れる。「晴夏が家族に問題を抱えていたのはわかっていましたので洗脳の途中で聞き出しました。彼女は二年も前に、トラウマを僕に告白したことを覚えてはないですけどね」

「わしの顧客に刑事がおるんやが、その刑事に『娘さんから過去の虐待の訴えがありました』って静岡にあった晴夏の実家に押しかけさせたちゅうわけや。そこでわしの出番や。あいつら慌てて逃げるようにして大阪に引っ越しよったで」

「カフェの従業員を洗脳したのはどっちだ……」

「それも僕です」信次があっけらかんと答える。「彼女たちは、僕が那覇市で開業した整体院の患者さんでした。たまたま水族館で働いてらっしゃったので協力してもらったわけです」

「外道が……」

思い返せば、明確な殺意があったのはカフェの従業員たちだ。まさに解き放たれた獣だった。祇晶の背中を刺した大学生たちには躊躇と罪の意識が見えた。

「まあ、わしの技は〝優しい脅迫〟やな。それに比べてこいつは悪魔や」

「尊敬する大魔王に褒められなんて光栄です」

信次がうやうやしく頭を下げる。

「お世辞はやめんかい。わしは金を稼ぐために、自分を化物に見せてきただけや。わしには金しかないねん。金しかわしを救ってくれへんかってん。わしに洗脳の力なんてないことは、とっくにわかっとるやろ。金と権力を使って、弱っとる人間の心の隙間に潜り込んできただけや。それがわしのしょうもない才能や。周りの人間が勝手に妄想を膨らませて、わしを大魔王に祭り上げて怯えとる。お前とは目的が違う。今回も、別にお前の親父には何の恨みもあらへんねん。勘違いすんなよ。金も有り余るほどあるから、ギャラで動いたんでもない。お前らみたいな胸糞《むなくそ》悪い金持ちをぶっ潰すのが、わしの至上の喜びや。お前らみたいのを何人も地獄に突き落として、わしはここまで登ってきた。それがわしの復讐やったんや。邪魔しやがってアホが……」

「すいません。裏切った形になってしまいましたが、もうすぐすべてが終わります」

「どうせ、最後まで付き合え言うんやろ。お前が、この日のためにどんだけ準備と努力をしたか、想像するだけで寒気がするわ」

祇晶は、二人のやり取りに言葉を失い、動けずにいた。

彼らはずっと狂気の世界に住んでいたのだ。

「どうやって父親に復讐するか、ずっと考えていました。でも、若かった僕には力も資金も人脈もない。長年、大企業を引っ張り、色んな敵と戦ってきた父親は、とてつもなく高い壁だったんです」

「それで、わしに辿り着いたってことか」

深作が鼻を鳴らす。

「はい。最初は詐欺の勉強から始めました。父親に悟られず、僕が罪をかぶらずに、父に復讐をする計画を模索していたんです」

「都合のいい復讐だな」

祇晶は、軽蔑を込めて信次に言った。

「偉大な父親を乗り越えるために必死だったんですよ」

気のせいか、信次の顔が多幸感に満ちている。長い戦いにようやく終止符を打つ瞬間が近づいていることに、喜びを感じているのだろうか。

「晴夏にどんな洗脳をかけてん」深作が、重い息を漏らした。「もしかして、自分の父親を殺させるって洗脳したんか」

「全部、お見通しなんですね」

馬鹿な……。祇晶は絶句した。

息子が父親を殺そうとしているだと？

深手の傷を負っている祇晶をそれまで支えていた集中力が、プツリと切れた。空気の抜けた風船のように、全身の力が消えていく。幼い息子を予期せぬ事故で失い、その悲しみをずっと背負ってきた身である自分にとって、そんな残酷な話は、どう理解しようとしてもできない。

「おいおい、どうしたん。なんでやねん」

深作が、祇晶を見て眉間《みけん》に皺を寄せた。

祇晶は泣いていた。草太を思い出したからというわけではなかった。ただただ、悲しかった。

「どうして……」祇晶は、充血した目で信次を睨んだ。「血の繋がっている家族を手にかけなくてはならないのだ」

「その質問に答えなくてはいけませんか」

信次が、面倒臭そうに言った。

「話したれや。死にかけの爺さんが泣いとるねん」

「家族には、その家族にしかわからない問題ってのがあるんです。他人に語ったところで理解はされないですよ」

「どうすれば……幸せになれるんだ？」

祇晶は声を押し殺して訊いた。

「どの家族の話ですか？」

「……すべての家族だ」

「知らないですよ。僕は神様じゃないですから。そもそも、みんなが幸せになれるなんてことはありませんよ。そんなこと、子供でも知っていることでしょ」

「そやで。夢物語や」深作まで宥めるような口調になっている。「さっきの水族館におったファミリー連中の笑顔も嘘っぱちや。自分らを幸せっていう名前の透明な檻に閉じ込めて、ヘラヘラ笑って誤魔化しとるだけや。虫唾《むしず》が走るわ。あいつらは、水族館の魚と同じや。外にある世界を知らずに、嘘みたいな人生を終えていくねん」

「同じ場所で一緒に暮らしているからこそ、幸せなこともある。側にいるだけで、愛する人を守れるってことだってある」

祇晶は、ひとつひとつの言葉を噛みしめて言った。

こんなにシンプルで大切なことを老いぼれてから気づくなんて、救いようのない大馬鹿者だ。

「なかなかの名言ですね。僕の父はずっと僕の側にいてくれました。いわゆる帝王学というのを学ばせてもらいましたよ」信次も言葉をじっくりと選んでいる。「僕は、いつもいつも父の期待に応えられなかった。でも、その度に、父は励ましてくれました。『頑張れ。お前は俺の息子なんだから、必ずやれるはずだ』ってね」

「ええオトンやないけ」

「地獄でした。何をしても父と比べられて、自己嫌悪に陥る毎日です。励ましてはくれた。

でも、心から褒めてもらったことはありません。僕は父に認められたい一心で、幼少から二十二歳までの時間を、中屋敷家に捧げたんです」

気持ちはわからないでもない。幼い子供が背負うには、重た過ぎるプレッシャーである。

「だけど、結果、親父に見捨てられたんやな」

深作の言葉に、信次は無表情で頷いた。

「息子失格の烙印を押されました」

たったそれだけで、父を殺す……？　だが、奴の二十二年間の苦しみは、奴にしかわからない。外野には、奴のことは語れない。

祇晶は、草太が亡くなってから、数々の激励を受けた。それこそ、身近な人から、ほとんど知らない人まで、みんなが励ましてくれた。気持ちはありがたかったが、祇晶を救った言葉はひとつもない。

深くて底が見えない悲しみは、本人が向き合い、潜り続けるしかないのだ。

「で、どうやって晴夏を洗脳してん」

深作がジロリと信次を見上げた。

「企業秘密です」

中屋敷信次がわずかに目を細め、唇の端を歪めた。その表情は笑っているようにも、怒っているようにも見えた。

「セックスやな」深作がズバリと断定する。「お得意のマッサージだけやなくて、強烈な洗脳をかけたんやろ。自分の嫁さんにようやるで。鬼畜やのう」

深作の言葉に、信次は何も返さなかった。しかし、沈黙こそが答えだ。

「……どっちなんだ」

祇晶は、ゆらりと立ち上がって信次に訊いた。堪え切れない怒りが、激しい波のように押し寄せてくる。

「何の話ですか？」

「晴夏さんのことを愛しているのか、愛していないのか。どっちだ？」

「あなたに答える義務がありますか」

「答えるんだ」

祇晶は、信次の手首を摑んで強く捻った。背後に回り込み、両腕で首を絞め上げる。

「やめてくださいよ」

信次はまったくの無抵抗だ。

「答えろ。首をへし折るぞ」

脅しではなかった。悪魔のようなこの男を、これ以上生かしておいてはいけない。背中の傷は痛むが、首を折るぐらいはできる。

「そいつを殺したら、晴夏の洗脳は外されへんで」

深作が忠告する。信次を庇《かば》っているわけではなく、専売特許を奪われて、半ば負けを認めた口調だ。

無力だ……あまりにも無力だ。

祇晶の心の中で、何かがポキリと折れた。信次の首に絡めていた両腕をほどき、祇晶はその場に座り込んだ。

信次は祇晶を見下ろし、厳《おごそ》かな口調で言った。

「晴夏のことは心から愛しています。出会ってから今日まで、ずっとこの世で一番大切な人です。今回の計画は彼女を利用したわけではありません。晴夏とだからこそ、成し遂げることができるんです」

なぜか祇晶は、信次の表情に嘘はないと強く感じた。

「お前の指示で、わしの顧客もイルカラグーンに来るよう呼んでるけど」深作が信次に訊いた。「観客を集めて何をやらかす気や」

「最後のショーですよ」信次が祇晶から目を逸らさずに答えた。「ぜひ、最前列で楽しんでください」

31

「アタシ、水族館嫌いなのよね」

八王子の隣で、汗だくになっているマッキーが言った。

二人は、《ホテルポセイドン》を出て、《美ら海水族館》へ向かっている。深作に洗脳されている団体は、五メートル先を歩いていて、こっちが尾行していることを気にしようともしない。

「どうして嫌いなんですか？」

八王子は首筋の汗を拭いながら尋ねた。まだ午前中だというのに、目が眩むほど暑い。さすがは沖縄である。

「閉じ込められてる魚を見て何が楽しいのよ」

「綺麗じゃないですか」

「綺麗？　何が？」

マッキーが大げさに顔をしかめる。機嫌の悪いオカマは、とにかく面倒臭い。

「魚たちですよ。色んな種類がいるし」

「魚は食べるものよ」

「たまには鑑賞したっていいじゃないですか」

「お寿司を想像しちゃうじゃない。ジンベエザメなら何人前になるんだろうかとか」

「そんなこと考えるのマッキーさんだけですよ」

「あと、はしゃいでるカップルもムカつくの」

「……マッキーさんの居場所がないからですか」

「そうよ。デートスポットは、アタシにとっては心霊スポットよりも行きたくないの」

マッキーが、鼻息荒く、前方の巨大な水族館を睨みつける。

「男同士でも堂々とデートすればいいじゃないですか」

「あんたわかってないわね。アタシがボーイフレンドといちゃついたら、みんな魚じゃなくてアタシたちを鑑賞するのよ」

「たしかに見世物にはなりたくないですよね」

「家族連れの親たちは、露骨に迷惑な顔をするしね」

「そうなんですね……なんかすいません」

「謝らないで。余計にムカつくわ。アタシたちは普通の幸せが一生手に入らないんだからさ」

「はい……」

マッキーの言葉がじんわりと胸に沁みた。

さっき《ホテルポセイドン》で一緒にいた小出家は、決して幸せそうには見えなかった。彼らは普通の幸せを拒否したのだろうか。それとも、手が届かなかったのだろうか。

マッキーだけじゃない。誰だって、普通の幸せを求めて生きるのは難しいのだ。

「あれ？　あいつらどこ行くの？」

マッキーが、洗脳された団体を見て、眉をひそめる。

公園を歩いていた団体は水族館に入らず、通り過ぎようとしていた。

「この先に、イルカラグーンがあるみたいです」

八王子は、ホテルのフロントで貰ってきたパンフレットを見て言った。

「あいつら、イルカに何の用があるのよ」

「わかりませんけど……あまり良い予感はしませんね」

「アタシ、動物の中でイルカが一番キライなんだけど」

「あんなに可愛いのに？」

「可愛いからムカつくのよ。あの可愛さは無敵じゃない。魚のくせに芸もするし」

「マッキーさん。イルカは哺乳類です」

「知ってるわよ。哺乳類なのに海で生活してるってのも気に食わないのよ。毎日がバカンスみたいなもんでしょ」

「じゃあ、クジラも嫌いなんですか」

「クジラは好きよ。美味しいから。小学校の給食で食べた、クジラの竜田揚げは最高だったわ。あんたの世代は食べたことないでしょ」

「ないですけど……」

今、クジラの竜田揚げは、どうでもいい。それよりも、何かが起こりそうだ。洗脳されている団体に対してだけではなく、公園全体に違和感を覚えた。よく見ると、イルカラグーンへ向かっているのは団体だけだ。他の観光客は看板の手前で引き返している。

「イルカラグーンが貸切ってなってるわ。なんかヤバそうね」

マッキーが真剣モードに戻った。

「深作が、洗脳された人間を一気に集めようとしてるんですかね」

「何が目的か知らないけれど、この先、ロクなことが起こらないわよ」

マッキーの言うとおりだ。ただ、ここまで来て引き返すわけにはいかない。

「あれを見てください！」

八王子は、水族館から出てきたグループを指した。《ホテルポセイドン》で別れたばかりの白鳥と、小出家の計五人だ。

「あいつらもイルカラグーンに行くのね」

「マッキーさん、ありがとうございます」

「なによ、いきなりお礼を言わないでよ。気持ち悪いじゃない」

「スランプから脱出できました。東京に戻ったら、目の覚めるような面白い漫画を描きます」

「よ、よかったじゃない」

「これだけ、とんでもない経験をさせてもらったんです。もう言い訳はできません」

「洗脳をテーマに描くの？」

「いいえ。家族を描きます」八王子は目を細め、白鳥に連れられて歩く小出家の後ろ姿を眺めた。「幸せになろうとして、必死にもがく家族の姿を描きます」

32

「集まってきたわね」

隣に座っている桜が、気合の入った顔で呟く。

晴夏は、桜と中屋敷聖人と三人で、イルカラグーンに来ていた。観客席は半分ほど埋まっていた。

ステージから見て、一番右端の最上段のここからは、観客席全体を見渡すことができる。

「ここにいる人間が全員洗脳されているのか……信じられんな」

中屋敷聖人が、観客席を見回して言った。しかし、怯えている素振りはまったくない。自分が殺されるかもしれないのに……。

一体、どれだけ肝が据わっているのだろう。もしくは、暴走した息子を止めるために、命を賭ける覚悟なのかもしれない。

「桜さん、私は何をすればいい」

「とりあえず、様子を見る。もしものときは、自分の身は自分で守ってよね」

桜が辺りを警戒しながら言った。

冷たい言い方だが、間違ってはいない。この人数を相手に、女二人で太刀打ちなんて、できっこないことくらい、わかりきっている。

「ボディーガードの人はどこにいるの？」

晴夏は、恐怖を押し殺して桜に訊いた。

「連絡が取れないの。近くにいるはずなんだけど……」

桜からも緊張が伝わってくる。

「覚悟を決めたほうがいいかもしれんな」

中屋敷聖人が、誰もいないステージを見つめてぼそりと言った。

「何の覚悟ですか」

「私がこの世を去る覚悟だ」

「そんな……」

晴夏は言葉を失った。

「私は長く生き過ぎた。最後にこんな若くて美しい女性に殺されるのなら、悪くはない」

「やめてください」

「何があっても後悔しないでくれ。晴夏さんの人生を潰したくはない」

「私は絶対に殺したりなんかしません。あ、私がここから離れたらいいんじゃないですか。遠くに行けば、そんなことも起こらないはずだし」

「それもアリだけど、解決にはならないよね」桜が軽く肩をすくめる。「晴夏ちゃんの洗脳が外れないと、いつこのお爺さんを殺すかわからないじゃん」

「どうせ殺されるなら、今日にしてくれ。天気も素晴らしいしな」

中屋敷聖人が豪快に笑い飛ばす。

異常な事態に、晴夏は気が変になりそうだった。シンちゃんの顔を見るまでは、誰が本当のことを言っているか信じられない。

洗脳は、体を触ることから始まる。シンちゃんとは数え切れないぐらい愛し合ってきた。

あのすべてが洗脳だったというのか。……セックスで洗脳されたと。

嘘だ。絶対に嘘だ。

痺れるようなキスも、とろけるような快感も、どれだけ抱きしめても足りなかった愛しさも、まやかしだったなんて……。

「泣いてる時間はないよ」

桜が厳しい声で言った。

「うん。泣かない」

晴夏は深く頷いた。

隣の中屋敷聖人が、何も言わずに優しく背中を擦ってくれる。

晴夏は、雲一つない沖縄の空を見上げた。じっと見ていると、吸い込まれそうになってしまう。

いつか、この青空を思い出す日が訪れるのだろうか。

「来たわ」

桜が呟く。

ステージの右手前を、晴夏の家族が歩いていた。母と義父。二人の弟たち。これだけ離れていても、四人から精気が失われているのがわかる。

家族を引き連れてきたのは白鳥叶介だ。

「あれが、晴夏ちゃんの家族なんだな」

中屋敷聖人が、なぜか嬉しそうに目を細めた。

「……はい」

本当は否定したかった。あの人たちは赤の他人ですと言いたかった。でも、家族はいつまで経っても、晴夏を追いかけてくる。家族は、家族である限り、どれだけ逃げようとしても放してはくれないのだ。

「まだ、憎んでいるのかい？」

中屋敷聖人には、家族との関係を詳しく話してはいないが、晴夏が家出をして家族と疎遠だったことは知られている。

「わからなくなってきました」

晴夏は正直に答えた。

「人生が善と悪にはっきりと分かれてくれれば楽なのにな」

「……そうですね」

「心の傷は癒やされることはあっても、完治することはない。忘れることができないのならば、許すことだ」

「努力します」

晴夏は深く深呼吸をし、心を整えようと心がけた。これから始まる出来事をなるべく客観視できるように。

しばらくして、ステージに一人の男が登場した。

シンちゃんだ。観客席を見回してから、晴夏を見つけて笑みを浮かべる。

あんなに愛したはずの男なのに、今そこにいるシンちゃんは、まるで別人みたいだ。

「深作がいないじゃん」

桜が警戒した顔つきで様子を窺う。

「何をやらかす気だ……」

中屋敷聖人の横顔は険しいが、どこか見守っているようでもある。

マイクを持った信次がゆっくりと間を取ったあと話し出した。

「みなさん、お集まりいただきありがとうございます」

観客席からの反応は薄い。ほとんどの人間が信次を知らないのだから当たり前だ。

「今日、僕はこの場所で結婚式を挙げる予定でした。しかし、回避しがたい諸事情により中止せざるをえなくなりました」信次が神妙な顔で喋り続ける。「とても残念ですし、悲しいことです。もし、許されるのであれば、これから皆様の前で式のやり直しをさせて貰えませんでしょうか」

観客席がざわついた。ステージに、神父の格好をした深作が現れたからだ。

「神父を務めてもらう深作さんです」

深作の顔色は悪く、どことなく落ち着きがない。あの強烈なオーラが薄まっているように見えた。

「奴が洗脳師か」

中屋敷聖人が低い声で言った。

「そして、僕の大切な人を紹介させてください。妻の晴夏です」

唐突に、信次が晴夏に向かって手を上げた。観客の視線が一気に集まる。

「えっ……」

困惑した晴夏は、横目で桜に助けを求めた。

「ハルちゃん、こっちへおいで。式を挙げよう」

信次が、手招きをしてステージへと呼んでいる。

「どうしよう……」

「行くしかないよ」

桜が、背中を押して強引に、黒いワンピース姿の晴夏を立たせた。

キラキラとプールの水面に反射する太陽の光がモロに目に入り、立ちくらみを起こしそうになる。

「何かあればすぐに助けに行く」

中屋敷聖人が励ますが、杖をついている彼に頼ることはできない。

……行くしかない。

ステージまで行けば、晴夏が中屋敷聖人を直接的に殺すことができなくなる。

晴夏は腹を括《くく》り、コンクリートの段になっている観客席を一歩ずつ降りた。パニックで靴の裏にバネが仕込まれているみたいな歩き心地になる。

無理やり周囲への意識を捨て、観客たちの視線を消した。今、集中すべきはステージの上の信次と深作である。

ステージの階段からステージに上がる。

「ウェディングドレスを脱いだんだね」

信次が笑顔で迎えてくれた。いつもと変わらない表情だが、晴夏は全身が凍りつくような恐ろしさを感じた。

やっぱり別人だ……。

晴夏は何も答えずに、信次に近寄った。

本来であればすぐに抱きしめて欲しい距離なのに、早く逃げ出したい。

でも、逃げちゃダメだ。

呼吸を止め、信次と向き合った。

「では、深作さんお願いします」

信次の合図とともに、深作は手元の聖書を広げた。

「晴夏さん。あなたはこの男性を健康なときも病のときも富めるときも貧しいときも良いときも悪いときも愛し合い敬いなぐさめ助けて変わることなく愛することを誓いますか」

「誓います」

晴夏は、一歩前に出て、信次を強く抱きしめた。

そして、そのまま、二人で深いプールに落ちた。

33

それは、異様な光景だった。

ステージからイルカ用のプールに落ちた二人を、観客たちは声も出さずに見守っていた。

まるで、水族館の水槽を見ているようだ。

観客席の最前列に座っていた祇晶は、反射的に立ち上がった。

水中でもがく中屋敷信次に、小出晴夏がしっかりとしがみついている。

ガラス越しであっても、晴夏の意思は強く伝わってきた。信次を巻き添えにして、命を絶つつもりなのだ。

いや……本当にそれが彼女の意思なのか？

晴夏は、夫である信次に洗脳されている。もしかすると、この彼女の行動こそ、信次が仕組み、望んだものだとしたら……。

祇晶の頭の中にバチンと火花が飛び、信次の作ったシナリオの輪郭がくっきりと浮かび上がってきた。信次は、父親を殺すために晴夏に洗脳をかけたのではなかった。自分を殺すためだったのだ。目の前で息子が溺れ死ぬ。父親に対して、それ以上の復讐はない――。

祇晶は、ステージに向かって走り出した。背中の痛みが、容赦なく全身を駆け巡る。この傷でプールに飛び込めば、二人を助けられないどころか、己の命まで落とすことになる。

「どいて！」

一人の女が、祇晶を追い抜いた。五十嵐桜だ。

「ダメだ！」

しかし、桜は訊く耳を持たない。

小柄な彼女が水中の二人を助けられるとは思えない。いや、そんなことより何より、老いぼれた祇晶とは違って、若い彼女の命には、無限の価値があるのだ。

だが、桜はあっという間に、ステージ横の階段を駆け上った。

その時、甲高い声が聞こえた。

「八王子！　アタシたちも行くわよ！」

「マ、マッキーさん、泳げるんですか」

「泳ぐしかないでしょ！　イルカのウンチを飲まないか心配だけどね」

赤い短髪のオカマと、韓流スターを思わせる美青年が、ステージへと走っている。

「アンタらの娘さんが溺れ死ぬぞ！」

白鳥叶介の声も聞こえた。四人家族に向かって怒鳴っている。

しかし四人家族たちは、無表情のまま何も反応しない。

「アンタら、それでも家族なのか！」

白鳥叶介が、父親と二人の息子の頬を順番に張った。

「おらああ！」

ステージの上で、桜が雄叫びを上げた。宙を高く舞うと、唖然としている深作の顔面に飛び蹴りを食らわした。見事な身のこなしだ。彼女なら、二人を助けられるかもしれない。そう思わせる力がある。きっと、彼女はこの先も、悪党に食い物にされる人間を数多く救うのだろう。

「ぐえっ」

呻き声を上げて倒れた深作が、モロにステージに後頭部を打ち付け、ビクビクと痙攣する。桜が間髪容れずにプールへと潜る。マッキーと呼ばれたオカマと八王子と呼ばれた美青年も、続いて飛び込んだ。

「晴夏！」

四人家族の母親が、突然立ち上がった。顔面蒼白で、ステージへ駆け寄ろうとする。祇晶は腕を伸ばして止めた。

「やめてください！　離してください！」

「大丈夫だ。娘さんは彼らが助けてくれる」

「晴夏は私の大切な娘なんです」

「わかってます。彼らを信じて待ちましょう」

号泣する母親の顔には、表情が戻っていた。深作の洗脳が解けたと考えて大丈夫だろう。

水中で、三人が、懸命に晴夏と信次を引き離そうとする。桜が晴夏を摑み、マッキーが中屋敷信次を押さえ、八王子が晴夏の腕を引っ張っている。

晴夏と信次は、意識を失っている。一刻を争う状況だ。祇晶は息を飲んだ。

静まり返っていた観客席が、ざわつき出す。全員が目の前で起きている出来事にショックを受けたからだろうか、洗脳が解け始めているのがわかる。祇晶は仕事柄、何度も死ぬ寸前の人間を見てきた。彼らのほとんどが、今までの人生を否定するかのように後悔の念を口にした。死の恐怖が、がんじがらめになっていた固定観念から解放させたのかもしれない。

「頑張れ」

「早く、早く助けてあげて」

「頑張れ!」

「早く!」

徐々に観客たちの声が大きくなり、やがて静まり返った。

水面から顔を出したのは、息を止めるのが限界になった桜とマッキーと八王子の三人だけだった。観客たちは、抱き合ったまま深い水の底へと沈んでいく晴夏と信次を息を飲んで見守っている。

やはり……素人の救助では無理だったか。

うなだれかけた祇晶は、顔を上げて観客席を見渡した。

ならば、プロならどうだ? 洗脳されていた人間が集まっているのならば、彼もここにいるはずだ。

「鉄平！」

祇晶は、力の限り叫んだ。

一人の男が黒い弾丸のように観客席を駆け下り、プールへと向かう。無人島ツアーでカヤックのインストラクターをしていた岡村鉄平だ。彼は朝食のビュッフェの会場のレストランで、フォークを桜に突き立てようとした。そのあと、警察に通報しようとしたが、「何の証拠もないから無駄よ」と桜に言われ、であれば、と首を絞めながら「我々に二度と近づくな」と充分に脅しをかけ、ホテルの外へと追い出したのだ。

鉄平が美しいフォームでプールに飛び込み、水しぶきを上げる。

桜に襲いかかろうとしたときの鉄平は、正気ではなかった。水族館のカフェの従業員と同じ目だった。彼は深作ではなく、信次に洗脳されていたのだろう。カヤックを漕いでいるときに右肩を庇うような動きをしていたのを覚えている。信次の整体院の客だったのだ。

まるで魚のように水中を泳ぐ鉄平が、沈みゆく新郎新婦を背後から摑まえた。

晴夏のことは心から愛しています。出会ってから今日までずっとこの世で一番大切な人です。

信次の言葉は嘘ではなかった。

彼女の不幸な生い立ちに自分を重ねて、共に死ぬ道を選んだのだ。あまりに身勝手ではあるが、それが孤独な男の思いついた復讐だった。

鉄平が、片手で信次の腕を摑み、もう片方の手と両足で必死で水を搔き、力強いドルフィンキックで水面へと上がっていく。

観客席は依然として静まり返っていた。新郎新婦がぐったりとして生きているか死んでいるのかもわからない。信次の腕が緩み、晴夏を離せば終わりだ。

大丈夫よ、あなた。信じてあげて。

どこかから、彩芽の声が聞こえた気がして、祇晶は振り返った。当然だが、病院に運ばれた彼女はここにいない。

歓声が上がった。

鉄平が、水面から顔を出したのだ。先にプールサイドに上がっていた桜たちが、力を合わせて新郎新婦を引き上げる。

祇晶は、晴夏の母親と一緒にステージへと急いだ。二人を救出した鉄平はヘトヘトにバテてしまってまともに動けない。

「よくやった。いい仕事だ」

聞こえているかどうかわからないが、祇晶は鉄平に声をかけた。

信次は激しく咳き込んで水をすぐに吐き出した。まだ苦しそうだが意識が戻っている。ひとまず命に別状はないだろう。

問題は晴夏だ。真っ白な顔のまま微動だにしない。

頼む。死なないでくれ。祇晶は、晴夏に駆け寄り、願いを込めて晴夏にマウス・トゥ・マウスを試み、胸を押した。

杖をついた老人がステージに上がってきた。中屋敷聖人だ。

「この馬鹿者が……」

涙ぐんだ目で、倒れている信次を見下ろす。

「お願い。晴夏を助けてください」

母親が、祇晶に手を合わせた。

「私からも頼む。この子はこんなところで……」

中屋敷聖人も深々と頭を下げた。

草太……力を貸してくれ。幼いお前を守れなかった。許しておくれ。仕事ばっかりで遊んであげられなくてごめんよ。馬鹿な父さんでごめんよ。でもな。父さんはお前が大好きだったんだ。お前が生まれたとき、父さんと母さんの人生は大きく変わった。初めて、自分の命より大切なものがあると知った。父さんの夢はな、大人になったお前と一緒にお酒を飲むことだった。その夢が叶わなくなってしまったとき、父さんは落ち込み、酷い人生を送ってしまった。もし、晴夏さんを守り切ることができれば、そんな父さんの人生が帳消しになる。だから、お前も晴夏さんを守ってくれ。

母さんはね、今は大きな病気にかかっている。もうすぐ、お前の元に行く。そのときは任せたぞ。父さんが行くまで、母さんを寂しがらせないでおくれ。私は自分の仕事をまっとうする。それが男の人生だ。

草太。短い間だったけれど、生まれてきてくれてありがとう。

「がはっ」

晴夏が水を吐き、薄らと目を開けた。母親が涙を流しながら、娘を抱きしめる。

「ママ……」

「おかえり。晴夏」

「ただいま」

晴夏が朦朧とした意識のまま微笑み、母親の背中を優しく擦った。

祇品には、その笑顔がまるで少女のように見えた。

エピローグ1

二日後。午後一時。

那覇空港のレストランで八王子はオリオンビールを飲み、ゴーヤチャンプルーとタコライスを食べていた。宮古空港からの飛行機乗り換えの余った時間で腹ごしらえだ。

「まだ沖縄を満喫してるの？　早く食べないと飛行機が出ちゃうわよ」

テーブルの向かいでシャネルのサングラスをかけたマッキーが、マンゴージュースを飲んでいる。

「今回は色々あり過ぎて、沖縄を楽しめなかったですもん。もう一度、ちゃんと旅行で来たいですよ」

「宮古島に行ったじゃん。物足りなかったわけ？　泡盛であれだけベロベロになってたくせに」

「はい。また来たいです。他の離島にも行ってみたいです。完全にハマっちゃいました」

「次は、恋人と来なけりゃダメよ」

「恋人なんて……そう簡単にできませんよ」

「あんた、いつまで残念なイケメンでいるつもりよ。童貞なんか、さっさとそういうお店で捨ててきなさいってば」

「いやいや、やっぱり最初はプロの方ではなく、素人がいいです」

「素人って。AVのカテゴリーみたいな言い方やめてよ」

マッキーが顔をしかめて、マンゴージュースを吐き出しそうになる。

「家族って、大変だけどいいものですね。今回の事件で思いました」

「アタシは自分の家族を持てない可能性が限りなく高いけど、あんたは頑張ってよね。そのためには童貞捨てなきゃ」

「もうその話はいいですって」

一昨日、イルカラグーンのプールで溺れた晴夏と中屋敷信次は、一命を取り留めて、病院へと搬送された。桜や白鳥の証言で深作は警察に逮捕されたが、洗脳という非常に曖昧な犯罪だけに、奴がどれだけの罪に問われるのかはわからない。信次の罪も同様だ。他に洗脳されていた観光客たちも、半分以上が病院で精密検査を受けていると聞いた。

できることならば、長い間、刑務所にぶち込んで欲しいが、場合によってはすぐに出てくる可能性も高い……。

ただ、たとえ深作と信次が釈放されたとしても、桜が目を光らせるだろう。

五十嵐桜――。

最後まで、謎の人物だった。事件を見届けたあと、挨拶もなしにいつの間にか消えていた。

また、会えるかな……。

漫画のモデルとしてなのか、それとも女性として純粋に魅力を感じているのかはわからない。でも、もし、次にどこかで会えたら、勇気を出して食事にでも誘いたいと思う。今まで大事に守ってきた童貞は、ああいう素敵な女性に捧げたい。

新宿二丁目でこういう発言をすれば、マッキーと常連客に永遠にディスられるので口が裂けても言えないが。

「あれ？　あの子、桜じゃない？」

「は、はい？」

つい、タコライスを噴き出してしまった。

「汚いわね！　何よ！」

「桜ちゃんがいたんですか？」

「見なかった？　今、お店の前を通ったと思うんだけど」

「マジっすか」

「人違いかしら。あの子、外見だけなら、そこらへんにいる女子大生だもんね」

八王子は、震えそうになる手でスプーンを置いて立ち上がった。

「どうしたの？」

「声、かけてきます。桜ちゃんに……」

「な、何て？」

マッキーが、呆気に取られて八王子を見上げた。

「わかりません。とりあえず、デートに誘ってみようかと」

「あんた、飛行機はどうすんのよ？」

「どうでもいいっす」

「よくないわよ！　で、アタシはどうなるの？」

「知りません。大人なんで自分で何とかしてください」

「八王子……あんたまで洗脳されてないわよね？」

「たぶん、大丈夫です。これは僕の気持ちなんで」

八王子は意味もなくマッキーに敬礼し、店を飛び出した。後ろからマッキーのわめき声がするが、聞こえないフリだ。

桜に会える。人違いなんかじゃない。このたくさんの旅行客の中に、必ずいる。

なんて声をかけよう。あれだけの修羅場をくぐってきた子だから、普通のことを言ったんじゃ心に響かないだろう。

よしっ。これはどうだ。

「僕の人生のヒロインになってください」

……一か八かだな。ていうか。絶対にドン引きするよな。まあ、いい。桜の顔を真正面から見れば、言葉なんて勝手に浮かんでくるはずだ。

八王子は体が熱くなるのを感じながら、人波を掻き分けて走り出した。

その言葉を信じよう。

エピローグ2

「あなた、まだ怒ってる？」

四日後。午前十一時。海面に反射する太陽に、彩芽が目を細めた。

「何に対してだ？」

祇晶も目を閉じそうになりながら訊いた。眩しくてまともに目を開けることはできない。

「桜ちゃんよ」

「怒ってなどいない。彼女がいなければ、今回の件は解決できなかった」

彩芽は、昨日の昼に退院した。大きな怪我はなく、祇晶は胸を撫で下ろした。

「だって、桜ちゃんが信次さんの整体院を紹介したから私が洗脳されたのよ」

「不可抗力だ。彼女は信次の正体を知らなかったのだから」

「桜ちゃんは知っていたわ」

彩芽が悪戯っ子のような笑みを浮かべている。

「何だって？」

「知っているというより、信次さんを疑っていたの。洗脳されたインストラクターさんを調べたら、信次さんの患者だってわかったみたい。だから確かめたの。私を使ってね」彩芽がさらに愉快そうに笑った。「私が信次さんのマッサージを受けて洗脳されるかどうかをね」

「まさか……」

祇晶は言葉に詰まって大きく息を吐いた。怒りを通り越した感情が胸に渦巻く。

「早とちりしないで」

彩芽がピシャリと軽く祇晶の頬を叩く。そして、また笑う。

「私のほうからお願いしたの。桜ちゃんの態度を見て、信次さんへの疑いを聞き出したのも私」

「本当なのか？」

「私を侮らないでください。三十五年間も、頑固で偏屈な男の顔色を窺《うかが》ってきたんだから。読心術はお手のものよ」

「彩芽……」

あれだけ辛いことがあったのに、彩芽は妻であろうとしていてくれた。祇晶が酒に溺れ、仕事を失って自暴自棄になっているときも見ていてくれたのだ。

「少しでもあなたの力になりたかったの。洗脳されるなんてとても怖かったわ。でも、どうせ、残り少ない命なんだし、あなたを守るために使いたかったの」

「ありがとう」

草太。お前の母さんは世界一素敵な女性だぞ。

「こちらこそ」彩芽が祇晶の手を握った。「どちらから先に飛び込む？」

「同時にいこう」

祇晶は覚悟を決めて、船の床を蹴った。彩芽が金切り声を上げる。

夫婦で美しい海に身を投げる――。旅の目的を達成した。ただ、当初のプランと違うのは、ウェットスーツとライフジャケットとシュノーケルを装着していることである。

防弾チョッキを着たことはあるが、ライフジャケットは初めてだ。これはこれで悪くない。

海面に浮かび、透き通る海を夫婦で手を繋ぎながら覗く。信じられないぐらい美しい光景だった。

彩芽が、目の前にあるひときわ大きな珊瑚を指した。

イソギンチャクの陰に、二尾のカクレクマノミが身を寄せあっていた。

この作品は「PONTOON」二〇一六年四月号〜八月号に連載した第一章から第六章までを大幅に修正し、第七章以降の書き下ろしを加えた文庫オリジナルです。

悪夢《あくむ》の水族館《すいぞくかん》

木下半太《きのしたはんた》

平成28年10月10日　初版発行

発行人——石原正康
編集人——袖山満一子
発行所——株式会社幻冬舎
〒151-0051東京都渋谷区千駄ヶ谷4-9-7
電話　03(5411)6222(営業)
　　　03(5411)6211(編集)
振替00120-8-767643
印刷・製本—図書印刷株式会社
装丁者——高橋雅之

幻冬舎文庫

ISBN978-4-344-42532-3　C0193　き-21-18